KB038130

DREAMBOOKS★

천하제일쟁자수

권인호 신무협 장편소설

ORIENTAL FANTASYSTORY & ADVENTURE

6

dream books
드림북스

천하제일 쟁자수 6

초판 1쇄 인쇄 2015년 11월 2일
초판 1쇄 발행 2015년 11월 13일

지은이 권인호
발행인 오영배
책임편집 편집부

펴낸 곳 (주)삼양출판사 · 드림북스
주소 서울시 강북구 도봉로 173
대표 전화 02-980-2112 **팩스** 02-983-0660
출판등록 1999년 3월 11일 제9-00046호

ISBN 979-11-313-0468-6 (04810) / 979-11-313-0246-0 (세트)

+ 이 도서의 국립중앙도서관 출판시도서목록(CIP)은 서지정보유통지원시스템홈페이지(http://seoji.nl.go.kr)와 국가자료공동목록시스템(http://www.nl.go.kr/kolisnet)에서 이용하실 수 있습니다. (CIP제어번호: 2015029157)

천하제일쟁자수

권인호 신무협 장편소설

ORIENTAL FANTASYSTORY & ADVENTURE

6

dream books
드림북스

목차

천하제일쟁자수

第一章

날씨 한번 끝내주게 좋네

눈이 내렸다.

어느덧 겨울의 끝자락에 이르러 마지막이지 않을까 싶은 대설이 밤사이 쟁천표국을 온통 새하얗게 물들였고, 차분히 떠오른 아침 햇살에 한껏 어여쁨을 뽐내며 반짝였다.

그 위를 양윤이 '사박사박' '사박사박' 깊은 발자국을 남기며 바쁜 걸음을 내딛는다. 그런 양윤의 품에는 한 무더기의 서찰 꾸러미가 들려 있었다.

지금 그가 찾아가고 있는 곳은 루하였다.

품에 있는 한 무더기의 서찰 꾸러미도 루하에게 전해 줄 것들이었다.

"이건 또 뭐예요?"

양윤이 내미는 서찰 꾸러미를 보며 루하가 대뜸 눈살부터 찌푸렸다.

그도 그럴 것이, 지금 그의 책상 위에 있는 표물 의뢰서들만 해도 이미 산더미였다. 양윤이 먼저 일차적으로 추린 건데도 이렇게나 많았다. 이 많은 의뢰서들 중에서 거리와 가격, 가격 대비 효율성 등을 고려해서 다시 선별 작업을 하고 최종 결정을 내려야 하는데, 지난번 현천상단의 군량미 표행을 다녀온 이후 겨울 내내 이 의뢰서들만 붙들고 있다 보니 이젠 종이 쪼가리만 봐도 아주 경기가 날 지경이었다.

"이곳 산서는 물론이고 저 멀리 대륙의 끝단 광동까지, 국주님을 뵙겠다고 청해 오는 각 표국 표국주들의 면담 신청서들입니다."

양윤의 말에 루하의 찌푸려진 눈살이 더 심하게 구겨졌다.

"볼 것도 없어요. 깡그리 다 거절해 버려요. 무기 좀 빌려 달라느니, 또 그딴 되도 않는 부탁이나 해 댈 게 뻔하잖아요."

아닌 게 아니라, 그렇게 루하를 찾아와서 무기 타령하는 작자들이 한두 명이 아니었다. 특히 거리가 가까운 주변 표국의 표국주들은 하루가 멀다 하고 뻔질나게 찾아와서 이대로는 식솔들 다 굶어 죽게 생겼다는 둥 울며불며 떼를 써 대기 일쑤였다.

"표사가 되겠다고 들러붙는 작자들을 겨우겨우 떼어 냈나 싶었는데 이젠 표국의 주인들까지 얼굴에 철판 깔고 사람을 피곤하게 해 대니…… 아니, 내가 지들을 뭘 믿고 그 귀한 걸 빌려주냔 말이에요. 막말로 들고 째면 그땐 어쩌라고? 뭐, 나야 다시 만들려고 하면 얼마든지 만들 수 있는 물건이긴 하지만, 황금 백 냥을 가지고 있다고 해도 황금 한 냥이 아깝지 않은 건 아니란 말이죠."

루하의 말에 쓴웃음을 지어 보이던 양윤이 문득 궁금해져서 물었다.

"한데, 정말 그 많은 만년한철은 어떻게 다 구한 겁니까?"

양윤이 참다못해 꺼낸 질문은 지금 세상이 가장 궁금해하는 것이었다.

천하를 다 뒤져도 몇 자루 없다는 만년한철 무기를 대체 무슨 재주로 수십 자루나 가지고 있는 것일까? 심지어 방금 전 루하는 다시 만들려면 얼마든지 만들 수 있다고 했다.

"혹시 무슨 만년한철 광맥이라도 발견한 겁니까?"

그냥 농담 삼아 한 말이었다.

세상에 만년한철이 나는 광맥이 있다는 소리는 듣도 보도 못했다. 귀하디귀한 한철이 완벽한 토질 속에서 수만 년 동안 산화와 환원을 반복하면서 가장 완벽한 형태로 다듬어져야 탄생하는 것이 만년한철이다.

한철 자체가 워낙에 성질이 제멋대로인 금속이었다.

백 근의 한철을 같은 환경과 같은 토질 속에 십 년만 두어도 백 근 전부가 각각 다른 형태에 다른 성질로 변화하는 것이 한철의 특성인데, 수만 년 동안 묻혀 있어야 비로소 완성되는 만년한철이 광맥을 이룬다는 것은 불가능한 일이었다.

그러나, 웃자고 한 말이지만 웃을 수만은 없는 것 또한 사실이었다. 실제로 그런 소문들이 공공연히 떠돌고 있기도 했다.

광맥이 아니고서야 어떻게 그 많은 무기를 만들 수가 있냐는 것이다.

양윤의 질문에 루하가 피식 웃었다.

"광맥은 무슨. 그런 게 어디 있어요? 설혹 그런 광맥을 발견했다고 해도 그렇죠. 만년한철은 제련하는 데만 해도 족히 십 년은 걸린다는데, 그걸 내가 무슨 수로 만들어요?"

"그래도 이미 만년한철 무기를 수십 자루나 가지고 계시지 않습니까?"

"그야 그것들은…… 만년한철이 아니니까요."

"예? 만년한철이 아니라구요? 허나, 천하가 다 만년한철로 알고 있는데……."

"그러니까 내가 어이가 없는 거죠. 무기를 빌리러 오는 사람들마다 내가 분명히 만년한철이 아니라고 하는데도 도통 믿지를 않는단 말이죠. 세상이 다 아는 일인데 뭘 또 이제 와서 굳이 감추려 하느냐느니 빌려주기 싫으면 빌려주기 싫다 할 것이지 왜 거짓말로 사람을 기만하느냐느니, 사람을 아주 좀팽이 취급을 한단 말이죠. 난 거짓말도 하지 않았을뿐더러 무엇보다 얼굴 맞대자마자 빌려주기 싫다고 두 번 세 번 똑똑히 말을 했는데도 말이에요."

정말로 분하고 억울하다는 듯 씩씩 성난 숨을 토하는 루하다.

그런 루하를 보며 양윤이 더욱 혼란스러워진 얼굴로 물었다.

"그럼 대체 그게 무슨 금속입니까? 그 식견 높은 무림맹조차 만년한철이라고 착각을 할 만큼 대단한 금속이란 건 저도 들어 보질 못했는데……."

"당연히! 안 가르쳐 주죠. 부부간에도 주머니 쌈짓돈은 일단 감추고 보는 게 인지상정인데, 아무리 한집안 식구라고 해도 제 장사 밑천까지 다 까 보여 드릴 수는 없잖아요."

가진 것이 많아질수록 가지고 있는 것을 숨겨야 오래 살아남는 것이 무림이라 하지 않던가.

굳이 말하지 않아도 될 것까지 말해 줄 필요야 없다.

"아무튼 무기를 빌려줄 생각은 절대로 없으니까 앞으로 이런 요청서들은 아예 내 앞에 가져오지도 마세요. 다 태워 버려요. 아니, 아예 벽서라도 내붙여요. 우리는 무기 장사나 대여 같은 거 절대로 안 한다고. 그리고 저기 저거, 일단 계원상단의 표물부터 표행을 나갈 거니까 그렇게 준비해 주시구요."

루하가 그렇게 말하며 자리에서 일어섰다.

"어딜 가시려구요?"

"제약실에요."

정확히는 설란을 보러 간다.

그 기념비적인 표행을 마치고 돌아온 날부터 줄곧 제약실에 파묻혀 있는 설란이다. 특히 요 근래는 아예 숙식마저도 제약실에서 해결하고 있어 얼굴 한 번 보기가 참 어렵다.

물론 그녀가 제약실에 파묻힌 이유는 강시의 내단 때문이었다.

'대체 그게 뭐 그리 대단한 거길래 보름이 넘도록 서방님한테 낯짝 한 번 안 보여 주는 건지…….'

워낙에 열중하고 있어 어지간하면 방해를 안 하려고 참고 있었지만, 거의 두 달에 걸친 표물 의뢰건의 선별 작업을 대강 마무리하고 보니 핑계 삼아 괜히 더 설란의 얼굴이 보고 싶어진 루하였다.

"와! 이것들 다 뭐야?"

루하는 제약실 안에 발 디딜 틈조차 없이 어지럽게 널려 있는, 그리고 천정에 닿을 듯이 여기저기 쌓여 있는 책 더미들을 보며 기가 질려 했다.

가뜩이나 종이 쪼가리라면 신물이 올라올 지경인 그에겐 제약실 안에 펼쳐진 광경은 그야말로 지옥도와 다름이 없었다.

그 속에 설란이 있었다.

얼굴을 책 속에 파묻고는.

책 속에 파묻혀 있다는 것이 책에 몰입하고 있다는 뜻은 아니다.

말 그대로 정말로 책 속에 얼굴을 파묻고 있었다.

새근새근—

기절한 듯이 자고 있다.

"잠귀 밝은 애가 사람이 온 줄도 모르고…… 대체 며칠이나 밤을 새운 거야?"

가까이 다가가서 살피니 잠든 얼굴에도 피로가 잔뜩 묻어 있다.

딱히 그가 시킨 것도 아니고 강요를 한 것도 아니건만, 그저 저 좋아서 하고 있는 일이건만 그래도 피곤에 지친 모습을 보니 괜히 마음이 짠하다.

"옷이라도 좀 따뜻하게 입고 있든가."

화덕에도 불씨가 얼마 안 남았다.

루하는 꺼져 가는 화덕의 불부터 살린 다음 담요를 찾아서 잠든 설란의 등에 덮어 주었다. 그러고는 혹시라도 곤히 자는 설란이 깨기라도 할까 봐 조심스럽게 걸음을 돌리려는데, 문득 그의 시야로 설란의 머리맡에 놓여 있는 옥함이 보였다.

강시의 내단.

설란이 밤잠을 설치면서까지 연구에 연구를 거듭하고 있는 물건.

새삼 호기심이 생겨서 옥함으로 손을 가져갔다.

옥함을 열자 찬란하다 싶을 만큼 붉은빛이 시야를 가득 채운다. 음산하지도, 특별히 사기가 느껴지지도 않지만 여전히 어떤 알 수 없는 긴장감이 신경을 곤두세우게 한다.

그러고 보면 강시의 내단을 이렇게 자세히 보는 건 처음이다.

애초에 크게 관심도 없었던 데다가 설란이 워낙에 조심을 해서 루하에게조차 잘 보여 주지 않았기 때문이다.

그런데 기분이 좀 이상하다.

내단을 가만히 보고 있자니 뭔가 가슴 저 밑바닥에서부터 어떤 충동이 인다.

충동에 이끌려 저도 모르게 내단을 쥐었다.

손바닥을 타고 전해 오는 차가운 감촉에 흠칫 놀라는 것도 잠깐, 내단을 보는 그의 눈에 진한 탐욕이 인다.

그 순간 떠오르는 생각 하나.

"먹어 볼까?"

순간 무심결에 흘러나오는 자신의 중얼거림에 움찔하며 급히 내단을 내려놓고는 괴이쩍은 눈으로 내려놓은 내단을 본다.

뭘까?

왜 난데없이 이런 욕구가 치밀어 오르는 것일까?

"별로 맛있어 보이지도 않는구만."

더구나 다른 것도 아니고 강시의 내단인데.

강시에게서 나왔다는 것만으로도 찝찝하고 불길하기만 한 물건인데.

"이거 혹시 무슨 사술이라도 걸려 있는 거 아냐?"

"사술은 무슨. 그딴 거 안 걸려 있거든?"

갑작스럽게 들려온 목소리에 루하가 급히 고개를 돌려 본다. 그런 루하의 시야로 '아함' 하품을 하며 책 속에 파묻어 두었던 고개를 들어 올리는 설란이 보였다.

"으아하함!"

하품만으로는 부족했는지 한껏 기지개마저 켜다 그제야 자신의 어깨에 걸쳐져 있는 담요를 발견하고는 수줍은 듯도 하고 고마운 듯도 한 눈망울을 루하에게 보내온다. 하지만 그것도 잠시, 서둘러 열려 있는 옥함을 닫고는 핀잔을 준다.

"이걸 열어 두면 어떡하니? 내단은 공기와 닿으면 닳는다고 전에 말했잖아."

"잠깐 열어 본 것뿐이거든? 그보다…… 이거 정말 사술 같은 거 안 걸려 있는 거야? 사술도 안 걸려 있는데 이딴 게 먹고 싶어질 리가 없잖아?"

"사술이 아니라 그저 강해지고 싶은 본능이 작용한 것일 뿐이야. 이걸 먹으면 강해진다는 걸 본능적으로 아는 거지."

"그럼 역시 강시의 내단도 공청석유나 교룡의 내단처럼 내공을 증진시켜 주는 효과가 있는 거야?"

"그래. 어쩌면 공청석유나 교룡의 내단보다도 더 큰 내공을 얻을 수 있을지도 몰라."

"영천단보다도?"

"응. 영천단보다도. 내단에 담긴 힘만 따지면 최소로 잡아도 육, 칠 갑자. 어쩌면 그 몇 배가 될 수도 있어."

"뭐? 육, 칠 갑자? 그 몇 배? 그럼 수십 갑자잖아? 그게 말이 돼? 수십 갑자의 내공이면 일수에 산도 무너뜨릴 텐데…… 강시가 대단하다고 해도 그렇게까지 대단해 보이진 않았잖아?"

"모르긴 몰라도 강시조차 내단에 깃든 힘을 다 쓰지 못하고 있는 걸 거야. 극히 일부만 썼겠지. 지금까지 나타난 강시들은 기존에 알려진 환혼혈강시보다 강하긴 했지만, 그것도 어느 정도의 범주 안에서 강했으니까. 환혼혈강시가 가진 그 본연의 강함에서 크게 벗어나지는 않는 수준이었다는 거지. 그래서 생각해 본 건데, 강시의 강함이란 게 지금은 강시가 생전에 익힌 무공이 직접적으로 영향을 미치고 있지만, 앞으로는 어쩌면 내단에 깃든 힘을 얼마만큼이나 흡수하느냐에 따라 그 강함의 등급이 정해지지 않을까 싶어."

"그럼 가뜩이나 무시무시한 강시들이 앞으로는 수십 갑자의 내공까지 가지게 된다는 말이야? 앞으로 그런 괴물들이 나타나게 될 거라고?"

"맞아. 앞으로 상상조차 할 수 없을 정도로 강한 강시가 나타날지도 몰라. 하지만 이건 어디까지나 최악의 경우에 그렇다는 말이야. 강시가 만들어진 게 최소 이백 년 전인데, 이백 년이란 긴 시간 동안에도 내단이 거의 본래의 상태로 유지되고 있는 것을 보면 내단에 깃든 내공을 흡수하는 게 그렇게 간단한 일은 아닌 것 같아."

"대체 그 내단은 어디서 난 거야? 강시가 흡수도 제대로 못 하고 있다는 건 강시의 몸에서 자연스럽게 만들어지진 않았다는 소리 아냐?"

"응. 누군가 인위적으로 넣은 게 분명해. 물론 그 누군가는 혈교일 테고. 다만 이런 엄청난 내단을 어떻게 만든 건지, 무슨 목적으로 강시에게 심은 건지는 전혀 알 도리가 없어."

"애초에 강시를 만든 것부터가 이해할 수 있는 일은 아니지."

대체 왜 혈교는 이런 무시무시한 강시들을 만든 것일까?

그리고 어쩌다가 이백 년 전 세상을 공포로 몰아넣을 정도로 무시무시한 혈겁을 일으키고는 강시만 달랑 남긴 채로 갑자기 종적도 없이 사라져 버린 것일까?

'하긴, 지금은 그런 거나 따질 때가 아니지.'

중요한 건 앞으로 지금까지보다 훨씬 더 강한 강시가 나올 수도 있다는 것이고, 그는 그때를 대비하기 위해서라도 지금보다 훨씬 더 강해져야 한다는 것이다. 물론 그러자면 가장 시급한 것은 역시 내공이다.

루하의 시선이 자연스럽게 내단이 담긴 옥함으로 향했다.

그렇잖아도 내공이 간절했던 그였다.

단전의 폭발적인 기운을 제대로 다 끌어내지 못하는 것이 내공이 부족해서일지도 모른다는 설란의 말을 듣고부터는 내공 증진이 그에게 있어 최우선의 과제이자 목표가 되어 있었다.

하지만 영천단의 제작은 지지부진하기만 하고, 그렇다고 운기토납으로 차곡차곡 내공을 늘리기에는 너무 까마득하다.

그렇게 절실히 갈구하고 있던 때에, 저 내단에 수십 갑자의 내공이 깃들어 있다는 것을 알게 되니 가슴에 이는 충동과 절제되지 않는 탐욕이 더한층 거세게 일었다.

자연스럽게 강시의 내단을 향하는 눈도 타는 갈증과 목마름으로 더한층 이글거렸다.

루하의 그 같은 반응에 설란이 손을 휘휘 내저었다.

"말했지? 내단을 흡수하는 게 그렇게 간단한 게 아니라고. 더구나 아직 연구도 다 안 끝났어. 섣불리 먹었다간 어떻게 될지 모른단 말이야."

"아무렴 죽기야 하겠어? 나한텐 조화지기가 있는데? 흡수는 잘 안 되더라도 어지간한 사기나 부작용은 조화지기가 알아서 다 정화를 시켜 주겠지."

"그렇게 단순하게 생각할 일이 아냐. 내단에 깃든 엄청난 양의 내공을 과연 조화지기가 감당해 낼 수 있을지 그것도 장담할 수 없을뿐더러, 무엇보다……."

잠시 말을 끊은 설란이 제약실 한편에서 어떤 상자 같은 것을 들고 왔다. 상자를 열자 그 안에는 반투명 상태의 묽은 액체가 담겨 있었다.

"이게 뭐야?"

"지기를 유형화해서 물에 섞은 거야."

"이게 지기라고?"

"당연히 조화지기는 아냐. 아직 숙성되지 않은 땅에서 그저 평범한 지기를 걸러 낸 것일 뿐이야. 평범한 지기라고 해도 근본은 조화지기랑 같아. 그래서 실험해 본 거야. 내단이 지기와 만났을 때 어떤 반응을 보이는지. 이 지기와 만났을 때의 반응을 살펴보면 조화지기와 만났을 때의 반응도 어느 정도 유추해 낼 수 있을 테니까."

그렇게 말을 하며 설란이 옥함에서 내단을 꺼내어 액체 속으로 풍덩 집어넣었다.

그런데 그 순간이었다.

내단을 중심으로 지기를 담은 물이 소용돌이치기 시작했다. 아니, 물이 아니다. 물은 그대로 있는데 액체인지 기체인지 모를 반투명의 지기만이 물과 분리되어 소용돌이치고 있었다. 그리고 그것은 천천히, 그리고 점점 더 빠르게 내단 안으로 스며들었다.

"……."

반투명의 지기가 그렇게 사라졌다. 지기가 사라지고 남은 곳에는 처음과 다를 것 없는 내단과 그저 투명하고 맑은 물만이 덩그러니 남아 있었다.

"이거…… 어떻게 된 거야?"

루하의 질문에 설란이 내단을 다시 옥함에 넣고는 대납했다.

"본 그대로, 내단이 지기를 흡수한 거야. 강시가 주로 음기가 강한 곳에 정착을 하는 것도 어쩌면 이런 성질 때문일지도 몰라."

"그럼 지기를 흡수하면 내단이 지금보다 더 강해질 수도 있다는 거야?"

"그렇겠지. 물론 워낙에 내단 자체가 가진 기운이 엄청나서 어지간한 지기로는 티도 안 나겠지만. 아무튼 중요한 건, 내단에는 지기를 흡수하는 성질이 있다는 거고 그건 조화지기도 예외가 아닐 거라는 거야."

"그러니까 이걸 먹으면 조화지기를 다 잃을 수도 있다는 거지?"

"조화지기가 그렇게 간단히 내단에 흡수될 거라고는 생각 안 해. 조화지기가 가진 천하 만물을 포용하는 성질과 내단이 가진 지기를 흡수하는 성질, 그 둘이 충돌하면 분명 조화지기가 이길 테니까."

아무리 내단에 깃든 기운이 대단하다고 해도 천지무극조화지기에는 비할 수가 없는 것이다.

"하지만 이건 어디까지나 단순 계산일 뿐이야. 어떤 변수가 숨어 있을지는 나로서도 쉽게 추측이 안 돼. 게다가 두 기운이 충돌하는 그 자체만으로도 너한텐 상당한 위험이 될 테고. 어쩌면 두 기운이 제대로 섞이기도 전에 네 몸이 먼저 산산조각이 날 수도 있어."

듣고 보니 섬뜩하다.

먹고 싶다는 충동이 삽시간에 차갑게 식는다.

아무렴, 아무리 내공을 얻고 싶다고 해도 목숨을 담보로 하면서까지 모험을 해 볼 만큼 아직 그렇게 무공에 미쳐 있는 건 아니니까.

그러나…… 그럼에도 불구하고 루하의 시선은 좀처럼 내단이 담긴 옥함에서 떨어질 줄을 몰랐다.

"강시의 내단은 잘만 쓰면 세상에 다시없을 보물인 것만은 분명한 사실이야. 성질 자체가 워낙에 다채로워서 단순히 내공 증진이나 보양을 위해서가 아니라 어떤 쓰임으로 사용하느냐에 따라 훨씬 더 다양하게 활용할 수 있는 여지가 충분해. 하지만 그러자면 아직 연구가 많이 필요해. 더 연구를 하다 보면 네가 원하는 대로 이걸 섭취할 수 있는 안전한 방법도 찾을 수 있을 거고. 그러니까…… 조급해하지 말고 느긋하게 기다려 봐."

그 말을 끝으로 설란은 루하를 제약실에서 내보냈다.

그렇게 자신만의 공간에 홀로 남은 설란은 어딘지 신나고 어딘지 들떠 있다.

"그럼 이번엔 어떤 실험을 해 볼까나?"

콧노래까지 흥얼거리며 자신의 가방을 뒤진다.

그렇게 가방 속에서 하얀 약병 하나를 꺼낸 설란이 아까 받아 둔 물에다가 약병 안의 하얀 가루를 탔다.

그러자 보글보글 거품이 일어나더니 연기까지 피어오른다.

그 속으로 주저 없이 내단을 던져 넣는다.

그것이 시작이었다.

여기에도 담아 봤다가 저기에도 담아 봤다가, 그렇게 우려낸 물을 어떤 약초에도 섞어 봤다가 오리에게도 먹여 봤다가, 정말이지 정신없이 연구에 몰두하는 설란이다.

그러는 중에도 콧노래는 끊이지 않는다.

의선가에서 태어나 의선가의 후계라는 막중한 책임 속에서 자라다 보니 의학을 배우고 의술을 익히고 침술을 연마하는 것을 최우선으로 하기는 했지만, 그녀가 진정으로 좋아하는 것은 사실 사람을 살리는 의술만이 아니라 이렇게 자기만의 세계에서 무언가를 만들고 조합하고 연구하는, 보다 전체적이고 학구적인 공부였다. 그런 면에서 강시의 내단은 정말이지 그녀의 지식욕과 호기심을 끝없이 자극하는 더할 수 없이 이상적인 재료였다.

그래서 공기와 닿으면 닳는다며 루하에겐 그렇게도 주의를 주던 것이 무색하게도 연구라는 명목으로 아낌없이, 아니, 정신없이 내단을 굴리고 있는 것이다.

물론 루하는 그런 속사정은 까마득히 모른 채 그저 자신을 위해 밤낮없이 고생하는 설란을 고마워하고 안쓰러워하고만 있었지만 말이다.

"얼굴도 예쁜 게 어쩜 저렇게 내조까지 열심인지……."

눈물 나는 감동까지 울컥 밀려 올라올 지경이다.

"이제 수중에 돈도 좀 있고, 이참에 선물이라도 하나 사 줄까?"

하지만 워낙에 없는 것이 없다시피 할 만큼 다 가지고 있는 설란인지라 마땅히 할 만한 선물이 없다.

유일하게 그녀가 가지고 있지 않은, 그리고 가지고 싶어 했던 닭수리 같은 애완동물조차 귀소본능 때문에 만들어 줄 수가 없게 되었다.

"음…… 그러고 보니 이 녀석들은 얌전히 잘 있으려나?"

자연스럽게 암수 닭수리들에게 생각이 미쳤다.

하도 옆에서 귀찮게 굴어 대는 바람에 아예 따로 닭장을 만들어 가둬 놓은 상태였다. 그 후로 워낙에 일이 바빠서 어떻게 지내는지 그동안 살필 겨를이 없었다.

루하가 걸음을 틀었다.

이왕 생각이 미친 김에 한번 살펴보고 올 생각이었다.

꼬꼬 꼬꼬—

꼬꼬 꼬꼬—

머리로 닭장을 들이받기도 하고 부리로 철망을 쥐어뜯기도 하고, 루하의 기척이 들리자 아주 난동을 부려 대는 닭수리들이다.

하지만 닭장은 끄떡도 없다.

그도 그럴 것이, 그냥 닭장이 아니었다.

어지간한 강철은 엿가락 끊듯 끊어 버리는 닭수리들인지라 두꺼운 철로 틀을 짜서 그걸 아예 통째 금강한철로 만들어 버렸다.

만년한철을 찾고자 혈안이 되어서 세상을 뒤지고 있는 무림맹이 그 귀한 금속으로 닭장이나 만들었다는 사실을 알았다면 그 허탈감에 어처구니없어하다 못해 분노마저 터트렸을지도 모르지만, 그건 루하로서도 사실 어쩔 수 없는 선택이었다. 금석도 씹어 먹을 정도로 강한 부리를 견딜 수 있는 것은 금강한철뿐이었던 것이다.

아무튼 오랜만에 만난 주인을 향해 반가워 난리를 쳐 대는 녀석들을 보자니 마음이 조금 짠하다. 창공을 거침없이 날아올라야 하는 녀석들이 그 좁은 닭장 안에 갇혀 날개조차 제대로 펼쳐 보질 못하고 있는 것도 보기에 안쓰럽다. 더구나 암수 간에 워낙 사이가 좋질 않다 보니 중간에는 칸막이까지 쳐 놔서 녀석들이 지내기엔 더 답답할 수밖에 없는 구조였다.

"바람이라도 쐬게 해 줄 겸, 이번 표행엔 이 녀석들도 같이 데려갈까?"

워낙에 피곤하게 굴어서 닭장에서 완전히 해방시켜 줄 수는 없지만, 그래도 한 번씩 표행에 데려가면 녀석들도 기분 전환이 되고 좋지 않을까 싶었다.

그런 루하의 말을 알아들었는지,

꼬꼬 꼬꼬—

꼬꼬 꼬꼬—

닭수리들이 애절하고 간절한 눈망울로 루하를 보며 이번엔 구슬프게도 울어 댄다.

"좋아. 이번 표행엔 니들도 데려가 줄게. 대신, 사고를 치거나 말썽을 부리면 그땐 여기가 달마동이 되는 거야. 구년 면벽 수행을 각오해야 된다, 이 말이야. 내 말 무슨 말인지 알겠어?"

닭수리들이 아무리 영물이라고 해도 달마동이 뭔지 면벽 수행이 뭔지 어찌 알겠냐마는, 그럼에도 '꼬꼬 꼬꼬' 소리를 질러 대며 연신 고개를 까닥까닥해 댄다.

그래서 결정했다.

크게 문제만 생기지 않는다면 이번 표행뿐만 아니라 앞으로의 표행에도 닭수리들을 데려가기로.

그렇게 결정을 하고 보니 문득 궁금해지긴 한다.

금석도 부수는 닭수리들의 부리와 금석보다 단단한 강시의 몸.

과연 둘 중 어느 쪽이 강할까?

"만일 이 녀석들의 부리가 강시에게도 통한다면……."

그저 귀찮기만 했던 녀석들이 의외로 꽤나 쓸모 있어질지도 모르겠다.

그동안 닭장에나 박아 둔 것이 미안해질 정도로.

거기에까지 생각이 미치자 이젠 다음의 표행이, 그리고 다시 강시를 만나게 될 날이 은근히 기대가 되는 루하였다.

* * *

"국주님, 준비가 끝났습니다."

양윤의 목소리가 격앙되어 흘러나온다.

루하를 향하는 눈빛은 어떤 흥분으로 뜨겁다.

그런 양윤을 보며 루하가 고개를 끄덕였다.

"알았어요."

짤막하게 대답을 하고는 자신의 집무실을 나선다.

환하게 열린 집무실 문을 나서자 먼저 간밤의 추위를 벗겨 내는 햇살이 기분 좋게 머리 위로 내려앉았고, 그 뒤를 이어 닭수리들이 날개를 펄럭이며 날아와 그의 양어깨를 하나씩 차지하고는 반갑게 부리를 비벼 댄다.

평소에는 귀찮기만 했던 닭수리들의 구애가 지금은 왠지 즐겁다.

새파란 창공에 두어 점 한적하게 떠다니는 구름은 마음을 정갈하게 하고, 따스한 햇살 틈으로 스며드는 찬 공기 또한 마음을 상쾌하게 한다.

"날씨 한번 끝내주게 좋네."

조짐이 좋다.

이제 시작될 표행도.

앞으로 펼쳐질 쟁천표국의 미래도.

그 차고 맑은 기운을 깊이 들이마신 루하가 힘차게 걸음을 내디뎠다.

그렇게 쟁천표국을 나오자 밖에는 표사들이 도열해 있었다.

표사들의 인원은 몇 되지 않는다.

표물도 고가의 귀중품이라 규모 면에서도 작고 단출했다.

그런데도 그 열기와 분위기는 제갈세가의 표행에 못지않았다.

표행단 주위로, 양 길가에 어마어마한 인파가 몰려나와 있었던 것이다.

"쟁천표국 표사님들! 이번에도 그 망할 놈의 강시들 화끈하게 때려잡고 오시는 겁니다!"

"국주님! 정루하 국주님! 이번에는 아예 대여섯 마리쯤 때려잡아 주십시오! 세상을 어지럽히고 있는 마물을 죽여 천하 무림을 구하실 분은 국주님뿐이십니다!"

좀 어이가 없다.

'이보세요들, 우리는 지금 표행을 가는 것이지 강시 사

냥을 가는 게 아니란 말입니다.'

이건 뭐 표행단인지 강시 토벌대인지 모르겠다.

심지어,

"걱정들 마시오! 강시 그까이꺼 뭐 이 칼로 대충 쓱싹쓱싹하면 다 돼지는 거지, 뭐."

쏟아지는 찬사와 응원에 표사 하나가 흥이 나서 칼까지 들어 올려 보이자 한층 더 시끄러워졌다.

"오오옷! 저 칼이 바로 만년한철로 만들어진 칼이로구나!"

"우와! 강시를 벤 천하 명검을 내 눈으로 직접 보게 되다니! 밤잠 설치고 여기까지 달려온 보람이 있네, 보람이 있어!"

"쟁천표국의 표사들은 다 가지고 있다더니 그 소문이 진짜 사실이었나 보네. 저 봐, 표사들 무기가 전부 다 시꺼먼 묵빛이잖아."

"저러니 다들 쟁천표국의 표사가 되려고 안달인 거 아니겠나. 칼 밥 먹고 사는 무인이라면 누구나 저런 천하 명검 한 자루 가져 보는 게 소원이니 말이야."

"아, 나도 이제라도 무공을 배워서 쟁천표국의 표사에 한번 도전해 봐? 또 누가 알겠나? 운이 좋아서 부와 명성도 얻고, 거기에 천하 명검의 주인이 될 수 있을지."

경탄과 부러움에 이어 헛된 망상까지 더해진다.

그것이 경탄이든 부러움이든, 혹은 헛된 망상이든 간에 그 모든 관심이 루하는 싫지 않았다.

표행단을 강시 토벌대 취급하는 것도 나쁘지 않았다.

어쨌든 간에 그 모든 것이 쟁천표국에 대한 관심이고 기대니까.

바로 얼마 전까지만 하더라도 언제 문 닫을지 모를, 이름조차 생소했던 신생표국이었던 것에 비하면 지금의 관심과 기대는 그저 감사하고 감격스러운 일이니까 말이다.

그 모든 시선들 속에서 루하가 말에 올랐다.

그리고 표행단을 한 차례 오시한 후 힘차게 외쳤다.

"쟁천표국 표행단, 출(出)!"

第二章

표사 대여

"구절혼천항마진(九絕混天降魔陣)!"

장청의 외침에,

"구절혼천항마진! 구절혼천항마진!"

표사들이 복명복창하며 대형을 변화시켜 강시를 압박한다.

"크아아앙!"

압박의 강도가 더해지자 강시가 노기에 찬 포효를 터트리며 더욱 사납게 발광을 한다. 어떨 때는 여기저기 사방으로 날뛰며 정신없이 표사들을 몰아치기도 하고, 또 어떨 때는 표사 하나만 집중적으로 공격하기도 한다.

하지만 표사들은 전혀 당황하지 않았다.

마치 살아 있는 생물마냥 진법을 유기적으로 변화시키며 그때그때마다 적절한 대응으로 한 뜸 한 뜸 강시에게 칼을 먹였다.

그런 그들에게선 이제 여유마저 느껴질 정도였다.

"이젠 정말 내가 없어도 되겠는걸?"

설란이 만족스럽게 고개를 끄덕인다.

어느덧 첫 번째 표행이 있고부터 일 년이 지났다.

그동안 열한 번의 표행을 마쳤고, 그중 세 번을 강시와 만났다.

수치적으로만 보면 열한 번의 표행에 세 번의 강시를 만난 것은 상당히 재수가 없었다고 할 수 있지만, 그것은 한껏 자신감이 붙은 루하가 강시가 정착해 있는 곳을 굳이 피해가지 않은 때문이었다.

강도 높은 진법 훈련과 실전에서 쌓은 거듭된 경험.

그것이 지금 저들이 보이고 있는 여유의 이유인 것이다.

설란의 말에 루하도 전적으로 동의했다.

"이 정도면 한꺼번에 다 움직일 필요도 없겠는데?"

그렇게 말하는 루하의 눈빛이 의미심장했다.

루하의 말뜻을 바로 알아차린 설란이 물었다.

"두 개 대로 나눠 보게?"

"네 말대로 이제 총표두님 혼자서도 진법 지휘가 가능한데다 진법을 펼치는 데 필요한 최소 인원만 있어도 강시를 잡는 데는 크게 무리가 없을 것 같으니까."

그렇게 따지면 사실 절반도 낭비였다.

진법을 펼치는 데 필요한 최소 인원은 열둘이었다. 열두 명의 표사에 지휘관 한 명을 더해서 열셋이면 충분히 강시를 잡을 수 있었다.

"표행 의뢰도 잔뜩 밀려 있고…… 제일 짧은 거리들로 추리고 추려도 이건 도무지 감당이 안 되니……."

표행단을 둘로 나눠 운영하게 되면 확실히 빡빡한 표국 일정에 한결 숨통이 트이게 되는 상황이었다. 그래서 일찍부터 고민하고 있던 문제였다.

"하지만 스물다섯으로는 표행 자체가 무리잖아."

강시야 잡을 수 있다지만 다른 위험으로부터 표물을 지키기엔 인원이 너무 적었다. 누구 말마따나 무공의 고하를 떠나서 하나의 손으로 백 개의 손을 모두 막을 수는 없는 일인 것이다.

루하가 지금까지 선뜻 표행단을 나누지 못한 것도 그 같은 이유에서였다.

"차라리 표사들을 더 뽑는 건 어때? 강시를 잡는 용도가 아니라 단순히 도적들로부터 표물을 지키는 데 필요한 인원으로. 그럼 무기를 나눠 줄 필요도 없고, 무기를 나눠 주는 게 아니니 딱히 사람 관리에 크게 신경 쓸 필요도 없을 거 아냐. 무기를 주지 않는다고 해도 쟁천표국의 표사가 되겠다는 사람들은 널리고 널렸을걸?"

설란의 제안에 루하가 단호하게 고개를 저었다.

"안 돼."

"왜?"

"모든 불만과 불평은 차별에서 나오는 거야. 한 표국 안에서 강시를 잡는 표사와 도적을 잡는 표사를 나누고 무기도 차별해서 지급한다? 뭐, 처음에야 우리 표국의 표사가 된 것만으로도 감지덕지하겠지. 하지만 시간이 지나면 '왜 우리한테는 무기를 안 주는 거야?' 라는 불만을 가질 테고, 그 불만은 서로 반발하고 반목하는 분란의 빌미가 될 거야. 다시 말해 세상의 존경과 선망을 한 몸에 받고 있는 우리 쟁천표국이 삽시간에 콩가루 집안이 될 수도 있다 이 말이지."

"그치만…… 그렇다고 아무한테나 무턱대고 무기를 지급할 수는 없는 일 아냐?"

세상이 혈안이 되어 찾고 있는 무기였다.

지금이라면 십만 냥이 아니라 백만 냥이라도 사겠다는 사람이 줄을 잇는다.

아니, 돈을 떠나서 그로 인해 지금의 쟁천표국이 있을 수 있었다.

쟁천표국을 무림에서 가장 특별한 지위로 올려놓은 것도, 그리고 그 지위를 유지케 하는 것도 금강한철이 가진 특수성과 희소성이라 해도 과언이 아니었다.

그런데 그런 귀하디귀한 무기를 단지 쟁천표국의 표사가 되었다는 이유로 잘 알지도 못하는 사람들에게 무작정 나눠 줄 수는 없는 노릇인 것이다.

루하의 고민도 거기에 있었다.

인원을 더 충원하자니 분란의 소지가 다분하고, 그렇다고 인원을 나누지 않고 하던 대로 하자니 너무 비효율적이다.

"이 녀석들이라도 좀 제 몫을 해 주면 뭔가 방도가 생길 것도 같은데 말이야."

루하가 답답한 속을 그대로 얼굴에 드러내며 슬쩍 자신의 뒤를 보았다.

거기에는 두 마리 암수 닭수리들이 잔뜩 겁먹은 모습으로 가슴 털 속에 머리를 쿡 처박은 채 죽은 듯 엎드려 있었다.

녀석들의 강한 부리와 발톱이라면 강시를 잡는 데 꽤 도움이 되지 않을까 기대를 했건만 웬걸, 강시가 나타났다 하면 후다닥 루하의 뒤에 숨어서는 매번 요 모양 요 꼴이다.

“나 참, 생긴 건 호랑이도 잡아먹게 생긴 것들이 뭐 이리 겁쟁이야?”

“강시가 자기들 상대가 아니라는 걸 본능적으로 아는 거지.”

“아무리 그래도 그렇지, 이것들도 닭은 닭이잖아? 그리고 닭은 보통 액을 막아 주고 귀신을 쫓는다고 알려져 있고. 강시도 일종의 귀신이라면 귀신인데 이것들은 왜 이 모양이냔 말이지. 이거 다시 한 번 생각해 봐야겠어. 닭장에 갇혀 지내는 게 불쌍해서 데리고 다니긴 하는데 이렇게까지 쓸모가 없으면 굳이 짐스럽게 데리고 다닐 필요가 없잖아?”

루하의 말에 가슴 털 속에 고개를 처박고 있던 닭수리들이 화들짝 놀라서는 머리를 든다. 그리고 한껏 불쌍한 눈망울로 루하를 보며 ‘꼬꼬 꼬꼬’ 풀 죽은 목소리로 울어 댄다. 그걸로는 부족했는지 엉금엉금 기어 와서는 루하의 다리에 부리를 비비기까지 한다.

어이가 없다.

“나 참, 이 와중에도 강시는 무서워서 기어 다니는 것 좀 봐. 이 겁쟁이들을 앞으로 뭐에 써먹겠냐고. 야! 이놈들아! 환골탈태까지 시켜 줬으면 보답을 해야 할 거 아냐, 보답을! 아니, 보답까진 바라지도 않아. 적어도 밥은 안 축내야 할 거 아니냐고!"

어쨌거나 그러는 사이 강시 사냥은 막바지를 향하고 있었다.

"광풍멸영진(狂風滅靈陣)!"

"광풍멸영진! 광풍멸영진!"

장청의 일갈에 최고의 공격진이 펼쳐지고 표사들의 칼이 성난 파도처럼 강시를 향해 퍼부어졌다.

"끄아아아앙!"

강시의 섬뜩하면서도 처절한 비명이 연이어 터져 나오는 가운데,

"출!"

장청의 단혼팔문도가 그대로 강시의 목을 갈랐다.

서걱—

목이 잘렸다.

"끄어어어……."

잘려 나간 목에 공허한 단말마가 그르렁 맺히고, 그것은 이내 '툭' 소리와 함께 바닥에 떨어져 뒹굴었다.

그리고 이어진 함성.

"와아아아아! 강시를 잡았다! 또 강시를 잡았어!"

"와아아아아! 쟁천표국 만세!"

그 같은 함성은 표사들의 것이 아니었다.

언젠가부터 쟁천표국이 표행을 할 때면 하나둘 따라붙던 할 일 없는 구경꾼들이 이젠 적게는 수백 명, 많게는 수천 명에 이르러서 마치 어느 사이비 종교의 신도처럼 따라왔다.

처음에는 강시가 나타나면 걸음아 나 살려라 도망가기 바빴던 자들이다. '크아앙' 강시의 포효에 오줌까지 지려대던 자들도 있었다. 그런데 이제는 으레 쟁천표국의 표사들이 잘 처리해 줄 거라 믿고는 사냥이 끝날 때까지도 그 위험천만한 공간에서 꼼짝도 안 한다. 아니, 꼼짝은커녕 어느 무림 고수들의 비무 대련이라도 보는 것처럼 눈을 반짝이며 때론 환호를 질러대기도 하고 때론 안타까운 탄성을 토하기도 한다. 그리고 이렇게 무사히 강시를 잡고 나면 그것이 마치 자신들의 업적이라도 되는 양 오히려 표사들보다도 더 열렬히 승리에 열광한다.

그건 비단 저들만이 아니었다.

"쟁천강림! 탕마멸사!"

"쟁천강림! 탕마멸사!"

그렇게 강시를 잡고 돌아오는 길이면 어느새 소식을 듣고 달려 나온 구경꾼들이 거리를 가득 채우고는 '쟁천강림 탕마멸사' 그 여덟 자를 외쳐 댔다.

대체 어디에서 시작된 것인지, 누구의 입에서 흘러나온 것인지는 모르겠지만 사람들의 입에서 입으로 전해진 그 여덟 글자는 언젠가부터 쟁천표국을 상징하는 구호가 되어 있었다.

그만큼 지금 쟁천표국은 만천하의 절대적인 지지를 받고 있었다.

그도 그럴 것이, 아직도 강시가 활개를 치는 이 위험천만한 세상에서 무림맹은 만년한철을 찾기 위해 혈안이 되어 여전히 대외적인 활동은 철저히 삼가고 있었고, 신표련은 거듭된 표행 실패로 강시 토벌은 아예 엄두도 못 내고 있는 실정이었다.

관아마저도 민간의 피해가 미미하다는 이유로 나 몰라라 발뺌하기 바쁜 그런 암울한 상황에서 쟁천표국의 거침없는 무용은 사람들에겐 더욱더 특별하게 와 닿을 수밖에 없었다.

그야말로 구원이자 희망이다.

그리해 열광했고, 그리해 환호했다.

목격담마저 신격화되어 쟁천표국과 루하를 포장하기 바빴다.

바야흐로!

작금의 무림은 명실공히 쟁천표국의 세상인 것이다.

*　　*　　*

"누가 와 있다고요?"

막 표행을 마치고 돌아온 길이었다.

표국에 발을 디디기가 무섭게 양윤으로부터 뜻밖의 손님이 찾아왔다는 소식을 들었다.

"현천상단의 왕욱 부단주가 이틀 전부터 와서 국주님을 기다리고 있습니다."

"그 사람이 또 왜요? 또 표물 의뢰라도 하러 온 거랍니까?"

"신표련의 련주가 같이 온 걸 보면 그건 아닌 것 같습니다."

"신표련의 련주라면…… 중주일권(中州一拳) 이낙천(李洛天)이요?"

"예."

"음…… 신표련의 련주와 같이 왔다면 확실히 표물 의뢰나 하러 온 건 아니겠네요. 가만, 요즘 신표련이 강시한테 세 번이나 개박살 났다더니 혹시 그자들도 무기 타령이나 하러 온 거 아니에요?"

생각이 거기에 닿자 대번에 미간을 구기는 루하다.

"자세한 사정은 아직 저도 듣지 못했습니다. 국주님이 오시면 직접 말씀을 드리겠다고 해서."

별로 만나고 싶지 않았다.

루하에겐 빚 닦달하는 빚쟁이들보다 더 귀찮은 게 무기 빌려 달라는 사람들이었다. 얼마 전에는 만수표국의 국주 조철중마저 찾아와서 옛정 운운하며 바짓가랑이까지 잡고 늘어지는 통에 얼마나 곤란했는지 모른다.

하물며 부탁을 하러 온 게 신표련 같은 거대 집단이라면 단칼에 거절해 버리기엔 루하에게도 적잖은 부담일 수밖에 없었다.

하지만 어쩌랴.

이틀이나 그가 돌아오기만을 기다리고 있었다는데, 다시 걸음을 돌려 아직 당도하지 않은 척할 수는 없는 노릇 아닌가.

"지금 어디 있죠?"

"객청에 모셨습니다."

"그럼 한 시진 후에 내 집무실로 오라 그러세요."

필경 아쉬운 소리나 하러 왔을 게 뻔하다. 그들이 자신에게 맞춰야지 자신이 그들에게 맞춰 줄 필요가 없는 것이다.

그런데…….

'이 여자가 왜 여기에 있는 거지?'

"오랜만이네요. 이젠 정 소협이 아니라 정 국주님이라고 불러야 하나요?"

그렇게 웃음기를 띠고 인사를 건네 오는 여자는 다름 아닌 삼원표국의 국주 도하연이었다.

양윤으로서는 루하와 도하연 사이에 오갔던 그 묘한 기류를 알 턱이 없는 터였고, 왕욱과 이낙천에 비하면 이제 도하연의 위치가 따로 소개를 해야 할 만큼 특별하지 않았기에 도하연의 이름은 굳이 언급하지 않은 것이었다.

그 바람에 도하연의 동석이 난데없고 의아하기만 한 루하다.

"삼원표국은 무림맹 표마원에 들지 않았습니까? 근데 어떻게 이분들과 같이……?"

왕욱과 이낙천을 슬쩍 눈짓하는 루하를 보며 도하연이 바로 대답했다.

"표마원에선 이미 탈퇴를 했어요."

"예?"

"어차피 무림맹은 이제 표행에 대해서는 관심이 없으니까요. 지금 그들의 관심사는 만년한철을 구해 최고의 정예로 강시를 잡는 것뿐이에요. 강시를 잡아 무너진 자존심을 다시 세우고 잃어버린 명예를 회복하는 것. 그게 전부죠."

표마원도, 표마원에 속한 표국도 뒷전이 되어 버린 지 오래다.

"그래서 표마원을 탈퇴하고 신표련에 합류했어요."

듣고 보니 새삼 세상이 많이 변했다는 것을 느끼게 된다.

그토록 대단하게 보였던 산서 제일 표국조차 어디든 의탁을 하지 않고서는 살아남을 수 없는 것이 작금의 가혹한 현실인 것이다.

충분히 이해한다는 듯 고개를 끄덕인 루하가 그제야 왕욱과 이낙천에게로 눈길을 돌렸다.

왕욱이야 이미 안면이 있는 터였고, 이낙천은 처음 본다.

신표련의 수장이자 천룡표국의 국주인 그의 이름이야 귀가 따갑도록 들었다. 그런데 의외로 젊다. 대륙표국의 낙일신검 장일산을 제치고 신표련의 수장이 되었을 정도라면 꽤나 나이 지긋한 노인네일 줄 알았더니, 겨우 쉰이나 되었을까 싶을 정도로 젊고 또한 건장했다.

루하가 문득 생각나서 이낙천에게 물었다.

"양문경 총표두님은 어찌 계십니까?"

그는 작년 표행에서 한쪽 팔을 못 쓰게 되는 큰 부상을 입었었다.

"상처는 많이 좋아졌습니다. 아직 예전처럼 칼을 다루지는 못하지만 워낙에 재능이 큰 사람이라 금방 다시 염왕도의 명성을 찾을 것입니다."

"장일산 국주님은요?"

"장 부련주님은…… 은퇴하셨습니다."

"아…… 그럼 결국 단전을 다치신 게 회복되지 않으셨나 보군요."

"예. 그래서 대륙표국과 본 련에서의 직위는 그분의 아드님께서 대신 이었습니다."

그다지 유쾌한 인연은 아니었지만, 그래도 아는 이의 불행을 듣는다는 것이 기분 좋은 일은 아니다. 하물며 무림을 호령했던 영웅의 퇴진은 좌중의 분위기를 더 무겁게 가라앉혔다.

그때 분위기를 바꾸려는지 왕욱이 끼어들었다.

"저희가 이렇게 정 국주님을 찾아뵌 것은……."

불쑥 본론이다.

루하의 눈살이 절로 찌푸려졌다.

그다지 반가운 이야기가 아닐 거라는 지레짐작 때문이었다. 그런데, 이어서 나온 왕욱의 말은 그가 짐작하고 있던 내용과는 조금 다른 것이었다.

"저희 상단에서 이번에 중요히 옮길 물건이 있어 신표련에 의뢰를 해 둔 상태입니다."

"신표련에요?"

'왜 우리 쟁천표국이 아니라 신표련에 표물을 맡긴 거지?'

쟁천표국이 신표련보다 훨씬 더 안전한데.

더구나 최근의 신표련은 신뢰도가 거의 회복 불능일 정도로 바닥까지 곤두박질쳐 있는 상태가 아니던가.

"아!"

그렇게 의아해하던 중에 문득 떠오르는 것이 있어 저도 모르게 옅은 탄성을 토했다.

"기억나시나 보군요."

"조건이 맞지 않아 저희 쪽에서 거절을 했던 그 물건인가 보네요."

가격이야 워낙에 잘 맞춰 주는 곳이었지만 문제는 거리였다. 거리가 너무 멀어 최단거리 최대효율을 기준으로 두고 있는 쟁천표국의 방침에는 맞지 않았던 것이다.

왕욱이 씁쓸히 웃어 보이며 말을 이었다.

"네, 그렇지요. 아무튼 저희가 이렇게 찾아뵌 것은 그 표행에 쟁천표국의 표사들을 빌리고자 함입니다."

너무도 예상치 못한 말에 루하가 어리둥절한 표정으로 물었다.

"무기가 아니라…… 표사들을요?"

루하의 물음에 도하연이 대답했다.

"쟁천표국의 표사들은 당금 무림에서 강시를 잡을 줄 아는 유일무이한 존재니까요. 무기만 달랑 빌리는 것보다 표사들까지 같이 빌리는 편이 훨씬 더 안전하고 확실하다는 게 현천상단의 생각이에요. 그건 저희 신표련도 마찬가지구요. 첨언하자면 저희 신표련은 이번 협업을 일회성으로 생각하고 있지 않아요."

"일회성이 아니라면……?"

"앞으로 필요하다 판단되는 경우에는 지속적으로 쟁천표국의 힘을 빌릴 생각이에요. 물론 이건 어디까지나 정 국주님의 승낙부터 얻어야 하는 일이겠지만요. 그치만 쟁천표국으로서도 그리 나쁜 제안은 아니라고 생각해요. 쟁천표국에서 무기 대여 불가 방침을 세운 가장 큰 이유는 역시 분실 우려일 테니 말이에요."

무기만 달랑 빌려주는 것보다야 표사를 같이 보내면 분실에 대한 우려를 많이 덜 수 있는 게 사실이다.

"하나 더 분명히 하자면, 만약 무기가 분실되거나 표사들 중 사상자가 나올 경우 그에 상응하는 보상 또한 부족하지 않게 해 드리겠다는 것이 저희 신표련의 방침이에요."

"그래서…… 그렇게 표사들을 빌려주는 대가로 제가 얻는 게 뭐죠?"

이번의 질문은 이낙천이 받았다.

"해당 표행 건에 대한 수익의 절반을 드리겠습니다."

"절반……이요?"

"예."

"우리 몫이 수익의 절반이라구요?"

"예. 물론 이건 어디까지나 표행을 무사히 마쳤을 때의 성공 수당입니다. 따로 선수금 형식의 계약금도 충분히 지급할 것입니다."

왕욱이 고개를 끄덕이며 그렇게 말을 하자 도하연도 한마디 거들었다.

"쟁천표국으로서는 나쁘지 않은 조건이라 생각해요."

"나쁘지 않은 정도가 아닌데요?"

수익의 절반에 충분한 선수금, 거기에 무기와 표사들의 안전까지 책임져 주겠다고 한다.

"나쁘지 않은 정도가 아니라 좋아도 너무 좋은 조건인데요? 그래서 솔직히 영 믿음이 안 가는데요? 이건 아예 신표련은 수익을 포기하겠다는 거와 같잖아요? 아니, 얼마간의 손해마저 감수하겠다는 건데…… 다른 의도가 있지 않고서야 그런 손해까지 감수하면서 우리 표사들을 빌릴 필요가 있냐는 거죠."

"어디까지나 해당 표행 건에 대해서만 수익을 나누는 것일 뿐, 어차피 신표련의 표행 전부에 쟁천표국의 힘을 빌릴

건 아니니까요."

"그러니까 우리와의 표행에서 입는 손해분은 다른 안전한 표행에서 채우면 된다?"

"예. 무엇보다…… 국주님도 들어서 알고 계시겠지만 지난 두 달간, 저희 신표련의 표행단은 강시로 인해 세 번이나 표행에 실패했어요."

그거야 루하도 알고 있는 사실이다.

하지만 어쩌면 당연한 일이었다.

루하가 거절한 거의 대부분의 표행이 신표련으로 다 몰렸고, 하루에 나가는 표행만 해도 서너 건이 넘었다.

그러니 지난 두 달로 계산하면 적게 잡아도 일백여 건이다. 일백여 건의 표행을 치르는 중에 강시를 겨우 세 번 만난 거면 오히려 운이 좋았다 할 수 있었다.

'하긴, 세상일이라는 게 그렇게 딱 수치대로 적용되는 게 아니니까.'

세상에 목숨보다 귀한 것은 없다지만 어느 시대를 막론하고 재물이란 목숨보다 귀한 대접을 받기 마련이고, 그 목숨보다 귀한 재물을 맡겨야 하는 것이 바로 표행이었다.

그런 만큼 사람들에게 성공 횟수는 중요한 것이 아니었다. 실패 횟수만이 더 부각되고 기억되기 마련이었다. 그런 점에서 두 달 사이 무려 세 번이나 실패한 신표련은 사람들에겐 무기력하고 무능력한 단체로 인식될 뿐이었다.

"금전적 손해야 말할 것도 없지만 더 큰 문제는 신용이에요. 그 일로 신표련은 신용에 막대한 손상을 입었어요. 솔직히 말씀드려 저희는 지금 백척간두의 위기에 처해 있어요. 여기서 또다시 실패를 하게 되면 그때는 신표련의 존폐마저도 위협을 받게 될 거예요."

"그러니까 손해를 감수하고라도 우리의 힘을 빌려 신뢰를 회복하는 게 급선무라는 거네요?"

"예."

"음……."

꺼내기 어려운 속사정을 솔직하게 털어놓는 것을 보면 절박하긴 절박한 모양이다. 그럼에도 루하는 왠지 모를 찝찝함을 느꼈다.

'뭔가 다른 속내가 더 있을 것도 같은데…….'

분명 마음에 걸리는 게 있는데 막연하고 흐릿하기만 해서 그게 정확히 뭔지 명확히 잡히진 않는다.

'그렇다고 도 국주가 내 뒤통수나 칠 사람은 아니고…….'

이래저래 머리가 복잡했다.

그래서 눈을 감고 가만히 복잡한 머릿속을 정리해 보는 루하다.

이어진 것은 집무실 안을 가득 채우는 정적이었다.

루하가 입을 열 때까지 누구 하나 숨소리조차 내지 않고 있다.

그런 상황이 도하연에겐 낯설기도 하고 씁쓸하기도 했다.

루하를 마지막으로 본 게 이 년 전이다.

그 사이 소문으로야 늘 소식을 접하고 있었지만, 이렇게 마주하고 보니 새삼 지난 이 년의 공백이 너무도 크게 느껴졌다.

물론 그때의 삼절표랑도 결코 작은 이름은 아니었다. 하지만 그때는 잔혹도마를 죽여 정도십이천과 이름을 나란히 하더니 이젠 그 이름이 무림맹마저 압도하고 있을 지경이다.

당장 현천상단의 부단주 왕욱과 신표련의 련주 이낙천의 태도만 봐도 알 수 있다. 그 대단한 인사들이 마치 철혈의 황제를 알현하고 있는 말단 신료처럼 루하의 일거수일투족에, 심지어 숨소리에마저 온 촉각을 곤두세우고 있지 않은가.

'그때 어떡해서든 잡았더라면…….'

루하가 삼원표국에 왔을 때, 표사들의 반발을 다 무시하고 루하를 잡았더라면 지금처럼 생존을 위해 의탁할 곳을 찾아다니는 비루한 처지가 아니라, 삼원표국이란 이름 앞에 '천하'라는 크고 높은 두 글자가 붙었을지도 모른다.

아쉬움은 미련이 되고, 미련은 잠들어 있던 방심(芳心)을 다시금 깨운다.

그러고 보면 변한 것은 단지 그의 지위만이 아니다.

이 년 전만 해도 앳되고 소년티를 채 벗지 못했던 얼굴에는 어느덧 사내의 향기가 물씬 풍기고 있었다. 거기다 자리가 사람을 만든다고, 어떤 위엄과 광채까지 더해져 보고 있자니 한번 깨어난 방심은 주체할 수 없이 흔들리고 심장은 숨이 막히도록 쿵쾅거린다.

루하가 눈을 뜬 것은 그때였다.

하지만 특별한 결론이 나오지는 않았다.

아니, 어차피 지금 루하가 그들에게 해 줄 수 있는 말은 한 가지뿐이었다.

"신표련의 제안은…… 조금 더 생각을 해 보고 마음을 정하도록 하겠습니다."

그것으로 끝이었다.

어차피 당장 답을 얻을 수 있을 거라고는 생각을 안 했기에 다들 별말 없이 몸을 일으켰다. 다만 도하연만은 엉덩이가 무겁다.

억지로 몸을 일으켜 보지만 두 눈에 한가득 담긴 미련은 한참 동안이나 루하를 쫓고, 걸음을 떼기 싫은 그 진한 아쉬움은 나올 듯 나올 듯 달싹이는 입술 속에 머문다.

하지만 붙들 수 없는 미련이고, 대답받지 못할 아쉬움이란 걸 안다.

차마 떨어지지 않는 걸음을 힘겹게 떼어 내며 그렇게 쓸쓸하고 서글픈 마음으로 집무실을 나서는데, 마침 낯익은 얼굴을 만났다.

“어? 도 국주님도 오셨군요.”

그렇게 인사를 건네 오는 여인은 다름 아닌 설란이었다.

그녀와도 이 년 만의 재회였다.

또한 그녀에게서도 이 년의 공백이 깊고 크게 느껴졌다.

아름다웠다.

이 년 전에도 예뻤지만, 그때가 갓 피기 시작한 꽃봉오리였다면 지금은 짙은 향기를 사방에 날리는 한창 만개한 꽃과 같았다.

천하일색(天下一色) 무림일화(武林一花).

천하에서 가장 아름답고, 무림에서 가장 화려한 꽃.

세상은 그녀를 이제 그렇게 부른다.

타고난 아름다움에 삼절표랑의 정인이라는 특별한 지위까지 더해져, 천하사대미녀로 불렸던 그녀의 모친을 넘어 이제는 천하제일미녀로까지 불리고 있다.

설란의 아름다움을 마주한 도하연은 가슴 저 깊은 곳에서 무언가가 와르르 무너져 내리는 것 같은 기분을 느꼈다.

그것은 끝내 버리지 못한 루하에 대한 미련이기도 했고, 여인으로서의 자존심이기도 했다.

'그래. 어차피 내 자리가 아니었던 거야.'

그리해 분명해지는 체념.

"후우……."

그렇게 한숨과 더불어 감정의 찌꺼기들을 토해 낸 도하연이 설란을 향해 살짝 고개를 숙여 인사하고는 앞서가는 일행의 뒤를 따랐다. 그런 도하연의 발걸음은 조금 전보다는 한결 가벼워 보였다.

* * *

"그래서 어떻게 할 건데?"

루하로부터 그들의 방문 목적을 전해 들은 설란이 루하의 생각을 물었다.

"글쎄…… 조건은 분명 나쁘지 않은데 말이야."

"어차피 변화가 필요한 시점이기도 했고 지금처럼 표국을 운영하는 건 너무 비효율적이었으니까."

"그렇지. 표행 한 번에 표사들을 전부 다 동원하는 것도 낭비고, 그렇다고 무작정 인원을 늘리는 것도 영 내키지 않고. 그렇게 생각하면 변화를 주기 딱 적당한 때에 딱 알맞은 제안이 들어온 거지. 차라리 이참에 진짜 확 바꿔 버릴까?"

"확 바꾸다니? 어떻게?"

"하루에만 해도 수십 건의 의뢰가 들어오는데 지금은 한 달에 한 번 표행을 나가기도 어려운 상황이잖아. 선별 작업만 해도 여간 골치 아픈 게 아니고. 시간 낭비에 인력 낭비에…… 그럴 바에야 차라리 그냥 지금까지의 방식을 확 갈아엎고 이번에 신표련에서 제의를 해 온 것처럼 아예 표국 운영 자체를 우리가 직접 표행단을 꾸리는 형식이 아니라 지원대 형식으로 하는 거지. 강시에 특화된 지원대? 파견대? 뭐 아무튼, 그렇게 하면 굳이 인력을 따로 충원할 필요도 없고 표행단을 꾸리는 데 필요한 제반 비용도 아낄 수 있고. 강시를 상대할 수 있는 최소한의 인원으로 한 개 대를 꾸리면 최대 네 개까지 운영할 수 있으니까 수익 면에서도 지금보다는 훨씬 나을 테고. 그리고 무엇보다…… 매일같이 산더미 같은 의뢰서에 파묻혀 지내는 짓은 안 해도 될 거 아냐."

정말이지 지긋지긋하다 못해 진절머리가 난다.

표행을 무사히 마치고 돌아오는 중에도 다시 그 과중한 업무에 시달릴 것을 생각하면 한숨부터 푹푹 나오던 루하였다. 차라리 고단한 표행길이 마음은 더 편할 지경이었다.

그런 루하의 속내를 충분히 이해하는 설란이다.

"그럼 그렇게 해."

"그럴까?"

"일단 해 보고 아니다 싶으면 그때 다시 바꾸면 되지 뭐. 대신……."

"대신?"

"내단은 무조건 챙겨야 돼. 다른 분란이 없게 아예 처음부터 계약서에 내단의 소유권을 확실하게 명기해 둘 필요가 있어."

이번에 잡은 것까지 해서 현재 획득한 강시의 내단은 총 다섯 개였다.

"뭐, 남 주긴 아까우니까 그렇게 하긴 하겠지만…… 근데 아직 내단을 흡수할 방법은 찾지도 못했다며?"

"아직 흡수할 방법은 못 찾았지만 그래도 다른 방도로라도 활용할 방법을 찾고 있는 중이야. 성과도 꽤 있고."

"성과? 어떤 건데?"

"지금은 말해 줄 단계까진 아냐. 하지만 장담하는데 나중에는 내단이 부족할 정도로 쓰임이 무궁무진해질 거야. 그러니까 기회 있을 때마다 미리미리 모아 둬야 돼."

죄다 모호한 말들뿐이었지만 루하는 군말 없이 고개를 끄덕였다.

언제나 그렇지만 설란의 말은 늘 옳으니까.

설란이 그렇다면 그런 거다.

"알았어. 표사들한테도 확실하게 일러둘게. 뭐, 어차피 신표련이야 표행을 무사히 마치는 것만 해도 감지덕지한 상황이라 내단에 대해서는 신경도 안 쓸 건데 뭐."

사실 내단에 대해서 관심 없기는 루하도 마찬가지였다.

설란이 그러라고 하니 그러겠다고 한 것일 뿐, 지금 루하의 머릿속에는 지원대를 어떻게 꾸릴 것인지, 온통 그 생각으로 가득 차 있었다.

지원대를 보내는 걸로 결정을 내리고 나니 기대 반 걱정 반, 괜스레 마음이 번잡해졌다. 그건 첫 번째 지원대로 표사 스물다섯과 장청을 신표련으로 떠나보내고 나서도 마찬가지였다. 지금까지의 경험으로 미루어 볼 때 스물다섯이면 충분한 전력이었다. 그 절반으로도 강시 한 마리 정도는 거뜬히 상대할 수 있었다. 그런데도 인원을 나누는 건 처음이다 보니 마치 물가에 아이를 내놓은 것처럼 불안하기만 했다.

그리해 어지러운 심사를 참다못한 루하도 결국 쟁천표국을 나섰다.

第三章

앉아서 천 리를 보다

"마가의 조카들이라고?"

신표련의 쟁두 이막추가 자신의 앞에 선 두 명의 청년들을 보며 되물었다.

"예. 백부님이랑 형님이 급한 일이 있으셔서 저희가 대신 왔습니다."

두 청년 중 상대적으로 키가 훤칠한 청년의 대답에 이막추가 못마땅한 시선으로 비교적, 아니, 딱 보기에도 왜소해 보이는 청년을 본다.

"그런 비리비리한 몸으로 이런 험한 일 제대로 할 수나 있겠어?"

"그런 걱정일랑은 싹 붙들어 매십시오. 이 녀석 이래 봬도 힘 하나는 장삽니다."

이막추의 말을 받은 것은 이번에도 키가 큰 청년이다.

청년이 그렇게 호언장담을 하며 소매 춤에서 비단 주머니 하나를 꺼내어 내민다.

"그리고 이거…… 백부님께서 일전에 쟁두님께 빌린 돈이라시며 전해 달라 하신 겁니다."

청년의 말에 움찔하며 비단 주머니를 보는 이막추다. 하지만 그것도 잠시, 급히 좌우를 두리번거리고는 후다닥 비단 주머니를 품에 챙긴다.

"어허. 그 사람, 급할 게 없으니 천천히 갚아도 된다 했거늘……."

짐짓 대수롭지 않은 듯 시늉을 해 보지만 어색한 티가 팍팍 났다. 그도 그럴 것이, 그는 마가에게 돈을 빌려준 적이 없었다. 청년이 내민 돈은 그저 앞으로 잘 봐 달라는 의미의 뒷돈, 즉, 밀전이었던 것이다.

그 후로는 일사천리였다.

언제 못마땅해 했냐는 듯 '열심히들 해 봐. 하는 거 봐서 괜찮다 싶으면 내 정식 쟁자수로 자리 하나 마련해 줄 테니까' 라며 크게 선심까지 쓴다.

하긴, 잠시 자리를 비운 마가를 대신해 고작 임시 쟁자수

직을 맡으려고 밀전으로 찔러준 돈이 무려 은자 열다섯 냥이다.

신표련 이전에 대륙표국에 있을 때부터 십 년이 넘도록 같이 일했던 마가의 조카라면 그냥도 넣어 줄 판에 생각지도 않게 은자 열다섯 냥까지 생겼으니, 길 가다 은전 주머니를 주운 것처럼 한껏 기분이 좋아진 거야 당연했다.

"근데 꼭 이렇게까지 하면서 표행을 따라가야 돼?"

열흘 후 있을 표행의 쟁자수 명단에 이름을 올리고 쟁두의 방을 나오는 길이었다.

왜소한 체격의 청년이 영 마뜩치 않은 표정으로 그렇게 물었다.

이에 키가 큰 청년이 대꾸했다.

"표사들만 보내려니 영 불안한 걸 어떡해."

"그럼 차라리 당당하게 표행에 끼든가."

"그건 안 되지. 어디까지나 내가 없는 상황에서 어떻게 대처를 하는지 그걸 보고 싶은 거니까. 내가 뒤에 있다는 걸 알면 표사들 마음가짐 자체가 달라진단 말이야."

"그럼 너 혼자 오든가. 왜 나까지 인피면구를 쓰고 이 짓을 또 해야 하는데? 한창 내단 연구에 매달려야 할 때인데 이게 무슨 시간 낭비니?"

"뭘 또 그렇게 빡빡하게 굴어? 이 기회에 간만에 단둘이 오붓한 시간도 가지고 좋잖아? 난 옛날 생각 나서 좋기만 하구만. 뭔가…… 감회가 새롭다고 할까, 좀 감격스럽기도 하고……."

그렇게 말하는 키 큰 청년의 눈빛은 정말 감회에 젖고 있었다.

물론 그 키 큰 청년은 루하였고, 왜소한 체격의 청년은 설란이었다.

표사들에게도 들키지 않으려고 둘 다 인피면구를 쓴 채 마가라는 쟁자수와 뒷거래를 해서 신표련의 쟁자수로 들어온 것이었다.

감회에 젖는 루하의 표정을 보고 있자니 덩달아 옛 생각이 나는 설란이다.

삼원표국에서 있었던 일.

삼원표국의 내정을 살필 목적으로 그때도 딱 지금처럼 쟁자수로 잠입을 했었다.

하지만 루하에겐 그것이 감회이자 감격적인 기억일지 모르지만, 설란에겐 전혀 다른 기억으로 남아 있었다.

'엔간히도 사고를 쳤어야 말이지.'

내정을 살피겠다고 잠입을 해 놓고 세상이 다 떠들썩할 정도로 사고를 치지 않았던가? 그때 루하의 손에 아작이

난 표사가 삼원표국 전체 표사의 절반이 넘었다.

그때를 생각하자니 불현듯 걱정이 밀려온다.

'이 애…… 설마 여기서도 사고를 치는 건 아니겠지?'

하지만 괜한 걱정이었다.

이젠 신분이 다르고 위치가 달라졌는데도 불구하고 사고를 치기는커녕 원래부터 신표련의 쟁자수였던 양 쟁자수들과 스스럼없이 동화되어 버린다.

"아우. 지금 양씨 집에서 투전판이 벌어졌는데 같이 가서 패 좀 땡겨 보지 않겠나?"

"좋죠. 좋아. 근데 전 딴 돈 돌려주고 그러는 거 딱 질색이니까 나중에 형님들 주머닛돈 좀 털었다고 사람이 매정하다느니 그딴 소리 하기 없깁니다."

"암! 이르다 뿐인가! 아우나 돈 잃고 개평 타령이나 하지 말게나. 내 오늘 끗발 한번 제대로 붙을 것 같은 느낌적인 느낌이 있다, 이 말이지. 하하."

"예, 예. 그 끗발 제가 오늘 제대로 개끗발로 만들어 드립죠."

신표련에 도착한 지 채 하루가 다 지나기도 전에 형님, 아우 참 살갑기도 하다.

심지어 수많은 사람들의 동경과 선망을 받을 때보다 저렇듯 쟁자수들과 어울리고 있을 때의 얼굴이 때때로 더 즐거워 보일 때도 있다.

'천상 쟁자수가 체질인 건지…….'

아무튼 루하가 쟁자수들과 잘 어울려 준 덕분에 우려했던 사건 사고는 일어나지 않았다.

그렇게 별 탈 없이 신표련에 들어온 지 사흘째가 되는 날이었다.

그날따라 왠지 쟁자수들의 분위기가 여느 날과는 달랐다.

어딘지 분주해 보이기도 하고 또 어딘지 들떠 보이기도 한다.

"무슨 일 있어요?"

루하가 묻자 첫날부터 형님 아우 하며 금세 친해진 왕삼이 대답했다.

"자네, 몰랐나? 곧 쟁천표국의 표사들이 도착하잖는가."

"아……."

출발이야 표사들이 먼저 했지만 괜히 마음만 급해서 바삐 달려온 루하와는 달리, 딱히 급할 것도 서둘 이유도 없는 표사들은 표행 일자에 맞춰서 느긋느긋 움직였기에 사흘의 시간차를 두고 이제야 신표련에 도착을 하는 것이었다.

"자네들도 어서 나오시게. 그 유명한 쟁천표국의 표사들이 어떻게 생겼는지 미리 구경이라도 한번 해 봐야 할 것 아닌가. 만년한철로 만들어진 무기가 어떤 건지 궁금하기도 하고 말이야."

"그죠. 그죠. 쟁천표국의 표사들이라면 진짜 천하영웅들인데, 당연히 그 빛나는 위용을 구경하러 가야죠."

"그래도 가장 궁금한 건 역시 뭐니 뭐니 해도 삼절표랑 아니겠나? 듣자 하니 상당한 미남자라고 하던데."

"맞아요. 맞아. 송옥, 반안도 울고 갈 만큼 절세의 미남자라고 하더라고요. 거기다 무공 실력은 또 어찌나 대단한지, 그야말로 천신이 따로 없다잖아요."

참 뻔뻔하게도 자기 얼굴에 금칠을 한다.

설란이 어이없어하며 루하를 보지만 눈썹 하나 까딱하지 않았다. 오히려 한 술 더 뜬다.

"그 실력에 그 무용에, 무림맹이 떼로 덤벼도 못 잡는 강시를 무슨 복날 개 때려잡듯 한다고 하니…… 명실공히 천하제일이라 불리기에도 손색이 없는 영웅이 아니겠습니까? 그러고 보면 진짜 안타깝다니까요. 이번 표행에 삼절표랑도 딱 껴 있었으면 표행 때깔 한번 제대로 났을 텐데 말이에요."

그것이 루하의 자화자찬인 줄도 모른 채 심히 공감한다는 듯 덩달아서 고개를 주억거리던 왕삼이 문득 의아해하며 루하를 본다.

“그게 무슨 말인가? 삼절표랑이 껴 있었으면 이라니? 그럼 이번 표행에 삼절표랑은 참여하지 않는다는 말인가?”

“어? 모르셨어요?”

루하의 반문에 금시초문이라는 듯 눈을 끔뻑거리는 왕삼이다. 그러다 이내 고개를 저었다.

“그럴 리 없네. 아우가 어디서 그런 말도 안 되는 소문을 들었는지 모르겠지만, 이번 표행은 중경의 옥화산을 넘을 거라던데 어떻게 삼절표랑이 안 올 수가 있겠나?”

“예?”

이번엔 오히려 루하가 어리둥절한 표정을 했다.

“중경의 옥화산이요?”

“그래. 옥화산 입구에 강시가 떡 하니 똬리를 틀고 앉아 있는데 삼절표랑이 빠질 리가 없지 않은가? 강시를 잡는 모습을 직접 볼 수 있을 거라고 다들 지금 얼마나 기대를 하고 있는데? 삼절표랑이 빠진다 했으면 이번 표행에 참가하는 쟁자수들 중 절반은 이미 도망갔을걸? 애초에 삼절표랑 없이 강시를 잡는다는 게 어디 말이나 될 법한 소린가 말이네.”

아무리 쟁천표국의 이름이 높아졌다고 해도 그 앞에는 항상 삼절표랑이라는 이름이 있었다. 아무리 만년한철이 강시를 잡는 데 지대한 영향을 미친다고 해도 결국 사람들은 삼절표랑을 먼저 떠올렸다.

삼절표랑이 있기에 강시 사냥이 가능하다.

또한 삼절표랑 없이는 강시를 사냥하는 건 불가능하다.

사람들이 삼절표랑이란 이름에 열광하는 데는 그 같은 인식이 무의식중에 깊이 박혀 있기 때문이었다. 만일 강시를 잡는 것이 단지 무기 덕분이라 치부했다면 애초에 삼절표랑에, 그리고 쟁천표국에 그토록 열렬한 지지를 보내지도 않았을 것이다.

물론 한창 만년한철 찾기에 여념이 없는 무림맹은 생각이 좀 다른 듯했지만 말이다.

아무튼 삼절표랑이 참여하지 않는다는 루하의 말에 왕삼이 저리도 펄쩍 뛰는 것도 그 같은 이유에서였다.

삼절표랑 없이 강시 소굴로 들어간다는 것은 상상도 할 수 없는, 그 자체로 이미 공포고 악몽인 것이다.

그리해 생각조차하기 싫다는 듯 진저리를 치는 왕삼이다. 심지어 생각하기조차 싫은 말을 꺼낸 루하에게 성난 눈빛을 던지기도 한다.

하지만 지금 루하는 왕삼의 마음을 살필 겨를이 없었다.

'중경의 옥화산이라고?'

여전히 어리둥절하기만 하다.

이해가 되지 않는다.

그가 들어 알고 있기로 이번 표행의 목적지는 사천의 서창이었다. 물론 사천으로 가자면 중경을 가로지르는 것이 최단거리이긴 했다.

하지만 지금 중경은 버려진 땅이었다. 옥화산을 비롯해서 벽산과 무산 등, 중경에만 무려 다섯 구의 강시가 터를 잡고 있기 때문이었다. 심지어 대개 강시들은 산에 정착을 하면 깊은 산중에 자리를 잡는 것이 보통인데, 중경의 강시들은 어떻게 된 것이 산어귀에 자리를 잡은 데다가, 그 활동 범위도 특정하기 힘들 만큼 변칙적으로 주위를 어슬렁거려서 사실상 사천으로 들어가는 모든 표행은 중경을 피해 귀주나 섬서로 멀리 돌아가는 것이 일반적이었다.

당연히 이번 표행도 그렇게 돌아갈 줄 알았다.

그런데 중경의 옥화산을 넘을 거라니?

옥화산까지 가려면 그 중간에 무산도 거쳐야 하고, 옥화산에서 사천의 서창까지 가는 경로에는 도화산과 벽산도 겹쳐 있었다.

아무리 쟁천표국의 표사들이 지원을 하기로 했다고 해도 굳이 이렇게까지 위험한 경로를 택한다는 것이 도무지 이해가 안 된다.

'어쩐지 처음부터 뭔가 좀 찝찝하더라니…….'

분명 다른 속내가 있다.

그건 설란의 생각 역시 다르지 않은 모양이었다.

“중경 쪽 사정은 내가 한번 알아볼게.”

세상천지 어디라도 의선가의 눈과 귀가 있다. 중경이라고 다르지 않았다.

“응. 최대한 빨리, 가능하면 표행 전까지 좀 알아봐 줘.”

“바로 전서구를 띄우면 그리 오래 걸리진 않을 거야.”

설란의 믿음직한 대답에 고개를 끄덕이는 루하의 얼굴에는 불쾌감과 더불어 옅은 자책이 스쳐 간다.

새삼 깨닫는 한 가지가 있다.

‘역시 장사치들 말은 일단 의심부터 하고 봐야 하는 건데 말이야.’

사전에 좀 더 조사를 하고 계약을 맺었어야 했지 않았을까 하는 후회가 들기도 한다.

물론 때 이른 후회다.

설란이 중경의 소식을 가져오기 전까진 일단 두고 볼 일이다.

그사이 예정대로 쟁천표국의 지원대가 도착했다.

늘 그렇듯이 수많은 구경꾼들이 운집했고, 장청을 포함한 스물여섯 명의 표사들이 보무당당하게 등장하자 그 즉시 뜨거운 박수갈채가 이어졌다. 하지만,

"근데 저 중에 삼절표랑이 누구야?"

"글쎄? 삼절표랑은 약관의 미청년이라던데 그런 인물은 전혀 안 보이는데?"

"설마 삼절표랑은 이번 표행에 안 오는 거야?"

"뭐? 삼절표랑이 안 와? 그럼 표행은 어떡하고? 그러다 강시라도 만나면?"

삼절표랑이 보이지 않자 그 뜨거웠던 분위기는 삽시간에 찬물을 끼얹은 것처럼 싸늘해졌다.

당연히 쟁자수들의 불안과 걱정은 더 컸다.

아무리 강시가 주로 무림인들만 공격한다고 해도 강시가 무섭기는 그들도 매한가지였다. 특히 신표련이 수차례에 걸쳐 강시에게 당했을 때, 그 자리에서 직접 강시의 공포를 체험한 쟁자수들은 삼절표랑이 표행에 끼지 않는다는 사실을 알고는 뒤늦게 이런 저런 핑계를 대고 표행에 불참을 통보하기도 했다.

설란이 중경의 소식을 가져온 것은 그런 어수선한 분위기 속에서 닷새가 더 지났을 때였다.

"뭐? 땅을 매입해? 중경을 다?"

설란이 가져온 소식을 듣고 루하가 황당하다는 얼굴로 그렇게 물었다.

"응."

"그게 가능해?"

"평상시라면 불가능한 일이지. 아무리 현천상단이 천하 제일 상단이고 천하에서 가장 많은 부를 가지고 있다고 해도 성 하나를 통째로 산다는 건 결코 간단한 일이 아니니까. 게다가 돈이 흘러넘쳐도 못 사는 국유지도 있고. 하지만…… 지금은 평상시가 아니잖아. 강시들로 인해 중경은 거의 버려지다시피 한 땅이 되어 버렸으니까."

예전에야 수륙 교통의 중추니 동과 서를 연결하는 결합부니 하며 금싸라기 대접을 받았지만, 지금은 그냥 줘도 안 가진다 할 만큼 쓰레기 땅 취급을 받고 있었다.

"그래서 헐값에 샀다? 국유지까지도?"

"처치 곤란한 땅을 그래도 몇 푼이라도 주고 사 주겠다니 나라에서도 감지덕지한 거지. 물론 거기에는 현천상단과 밀접한 관계에 있는 진천왕야의 입김도 크게 작용했을 테고."

진천왕야라면 지난번 현천상단의 목줄을 틀어쥐고 군량미 운반을 뒤에서 사주했던 사람이었다.

"대체 거저 줘도 안 가질 그 버려진 땅을 왜 산 거야?"

"거저 줘도 안 가질 땅을 다시 금싸라기 땅으로 만들 생각인 거지. 강시만 사라지면 되니까."

"그러니까 우리한테 표사들을 빌려 달라 했던 이유가 중경의 강시들을 싹 정리해서 중경을 다시 금싸라기 땅으로 만들려는 거였다? 똥값에 사서 금값에 팔려고?"

"건물이며 도로며, 골목 상권까지도 싹 갈아엎고 있는 것을 보면 그렇게 단순한 목적은 아닌 것 같아."

"그럼?"

"지금이야 버려진 땅이 되었지만 안휘가 중원 상권의 중심이라면 중경은 천하 상권의 중심인 곳이야. 중경이 버려진 땅이 되고부터 현천상단뿐만 아니라 작은 군소상단들조차 막대한 손해를 입었으니까. 그런데 만일 현천상단이 중경을 되살려서 그 땅의 모든 상권을 자신들의 것으로 채워 버린다면? 거기에서 나오는 이득은 단순히 땅을 팔아서 얻는 이득의 몇 배, 아니, 몇십 배는 될 거야. 어쩌면 그보다 더 많을지도 모르지. 단기적인 게 아니니까. 백 년이고 이백 년이고, 현천상단이 존재하는 한 지속적으로 얻게 되는 수익이니까."

"어쩐지 조건이 너무 좋더라니…… 다 그런 계산이 있었던 거구만."

기만을 당한 것도 같고 속임을 당한 것도 같다.

"엄밀히 따지면 그저 나한테 말을 안 했을 뿐, 날 속인 것은 아닌데 말이야. 근데 왜 뒤통수를 한 대 제대로 얻어

맞은 기분이지?"

"강시를 하나도 아니고 다섯 구나 처리를 할 목적으로 표사들을 빌린 거면 표사들이 감당해야 하는 위험과 부담이 몇 배로 늘어나는 건데, 같이 협업을 하는 관계라면 손익 계산을 떠나서 그런 위험과 부담으로부터 대비를 할 수 있도록 미리 말을 해 주는 게 마땅한 도리지. 말을 안 한 것 자체가 이미 기만이고 속임이야."

뒤통수 맞은 기분은 설란 역시 마찬가지인지 눈빛은 사납고 말투에는 노기가 서려 있다.

그제야 상황을 분명하게 인지하는 루하다.

"그러니까…… 이것들이 날 완전 호구로 잡았다는 거네?"

잠시 흐려졌던 분노가 선명하게 형체를 찾는다.

그러다 문득 의아해져서 물었다.

"가만…… 그럼 신표련은? 신표련도 한통속이야?"

"당연하지. 표행 경로를 가장 먼저 알았을 텐데, 아무런 대가 없이 이런 위험천만한 의뢰를 받아들였을 리가 없잖아."

"그럼 대륙상단과 천하상단도?"

"아마 그들은 아닐걸? 그들이 한통속이었다면 현천상단이 중경의 땅을 다 독점하지는 못했을 테니까."

"그럼 뭐야? 신표련이 자신들을 키워 준 뒷배들조차 배

신했다는 거야?"

"아무리 두 상단이 신표련의 최대 후원자들이라고 해도 종속의 관계는 아니니까. 이윤이 큰 쪽으로 배를 갈아탄 거라고 봐야겠지. 두 상단과 척을 져도 상관없을 만큼 현천상단에서 충분한 보상도 약속을 했을 테고."

"이것들이 아주 지들끼리 쿵짝이 맞아서 여러 사람 뒤통수를 까 댄 거구만. 그래, 애초부터 그 왕욱이란 작자, 마음에 안 들었어. 군량미 운반 때도 하는 짓이 영 지랄이더니, 한 번 그냥 넘어가줬더니 이게 아주 사람을 등신 취급하고 있네."

호의를 호의로 생각 않고 호구로 본 것이 틀림없다.

"우와! 이거 생각하니 열 받네! 성질나는데 지금이라도 그냥 확 다 엎어 버려? 아니지, 그 정도로는 성이 안 차!"

씩씩 분노를 토하던 루하의 눈빛에서 순간 사나움이 지워지고 오히려 차분하게 가라앉았다.

저런 눈빛일 때가 가장 탐욕적일 때의 눈빛이라는 것을 익히 알고 있는 설란이 걱정스럽게 물었다.

"어쩌려고?"

"이대로 그냥 판을 끝장내 버리면 우리가 이곳에서 이러고 있는 게 전부 다 괜한 헛고생이 되는 거잖아."

"그래서?"

"감히 날 호구 취급한 데 대한 대가는 톡톡히 받아 내야지."

"그러니까 어쩌려는 건데?"

"어쩌긴 뭘 어째! 판을 싹 갈아엎고 아예 새판을 짜야지!"

루하가 그렇게 현천상단과 신표련의 수작에 분노하며 이를 빠드득 갈고 있는 그 시각이었다.

"옥화산에서 봉도, 봉도에서 비산, 영창이라니…… 이건 아예 중경을 종단하겠다는 것이 아니오?"

표행을 이틀 앞두고 그제야 표행 경로를 전해 들은 장청이 눈살을 찌푸리며 의아해했다. 그 역시 루하와 마찬가지로 섬서나 귀주를 통해 사천으로 들어갈 줄 알았던 것이다.

장청이 그렇게 의아해하자 현천상단의 왕욱이 간단히 설명을 했다.

"목적지는 서창이지만 가는 중간에 반드시 전해 줘야만 하는 물건들이 있습니다. 워낙에 갑작스럽게 정해진 일이라 미처 말씀을 드리지 못한 것이 송구하긴 하나, 진천왕야께서 관계된 일이라 저희 상단으로서는 도저히 길을 바꿀 수 있는 처지가 아닙니다. 부디 저희의 사정을 이해해 주십시오."

왕욱의 말에 신표련의 련주 이낙천이 거들었다.

“어차피 쟁천표국에 도움을 청한 것은 강시를 상대하고자 함이 아니오? 강시를 목적으로 모신 분들인데 강시가 있다고 길을 돌린다는 건 말이 안 되지 않소?”

“아무리 그래도 그렇지, 이건 아예 강시 밭으로 들어가라는 건데…….”

“이 련주님의 말씀대로 이번 표행에서 강시를 책임지기로 한 건 쟁천표국입니다. 그것이 몇 마리가 되었든 말입니다. 그리고 우리 상단은 그에 따른 금액을 충분히 지불했구요. 그런데 이제 와서 강시가 두려워 표행을 거절하신다면, 저희는 저희대로 진천왕야의 눈 밖에 나서 큰 곤란을 겪게 되겠지만 쟁천표국으로서도 그 높은 신용과 명성에 막대한 타격을 입게 되지 않겠습니까?”

“…….”

왕욱의 말대로다.

이제 와서 물릴 수 있는 일이 아닐뿐더러 진천왕야가 엮여 있다면 위험을 감수하고라도 강행해야 하는 현천상단의 입장도 충분히 이해가 된다.

하지만 그럼에도 마음 한구석이 영 찝찝한 것은 자신과 대화를 나누는 중간중간 서로 눈빛을 주고받는 왕욱과 이낙천의 어딘지 미심쩍은 태도였다.

‘뭔가 다른 꿍꿍이가 있는데…….’

그건 모웅의 생각도 같았다.

"저것들…… 하는 짓이 영 의심스러운데요?"

회의를 마치고 나오는 길, 모웅이 개운치 않은 표정을 하고는 그렇게 말했다.

"하지만 그럴 이유가 없잖아? 어차피 같이 가야 하는 길이야. 중경이 위험한 건 우리한테나 저놈들한테나 마찬가진데, 저놈들이라고 어디 좋아서 중경으로 들어가자는 거겠어?"

중경의 사정을 자세히 알지 못하는 장청으로서는 뜻하지 않게 급히 정해진 일이란 것도, 진천왕야가 관계된 일이라서 그들로서도 어쩔 수 없다는 것도 모두 믿을 수밖에 없다.

"그렇긴 하지만……."

그래도 못내 의심을 지우지 못하는 모웅이다.

장청이라고 다르지 않았다.

말은 그렇게 했지만 여전히 의심스럽고 찝찝하다.

"시간이라도 좀 넉넉했으면 표국에 전서구라도 띄워 보겠는데……."

그러나 당장 이틀 후면 표행을 떠나야 하는 상황이다.

루하의 의견을 묻기에는 너무 늦었다.

무슨 꿍꿍이가 있든, 나중 일이 어떻게 되든 간에 지금은 일단 이틀 후의 표행에 집중하는 것이 지원대의 책임자로서 그가 할 일이었다.

그런데 그렇게 개운치 않은 마음으로 자신의 처소로 들어서던 장청은 순간 움찔하며 허리춤으로 손을 가져갔다. 주인 없는 방에서 난데없는 인기척이 느껴진 때문이었다.

하지만 그 갑작스러운 긴장은 이내 풀어졌다.

"오랜만이네요. 총표두님."

거기에는 어느새 인피면구를 벗은 루하가 반가운 얼굴로 손을 흔들어 보이고 있었던 것이다.

*　　*　　*

그렇게 장청이 루하를 만난 그 시각, 장청과 모웅이 떠나고 없는 회의실에서 이낙천과 왕욱이 남은 대화를 마무리하고 있었다.

"그나저나…… 나중에 별 탈이 없겠소? 아무래도 미심쩍어하는 눈치던데?"

이낙천이 왕욱을 보며 걱정스럽게 물었다.

왕욱이 고개를 저었다.

"괜찮습니다. 표행시에 만나는 강시를 쟁천표국이 처리한다. 어디까지나 그것이 이번 계약의 골자니까요. 표행 경로가 어떠하든, 도중에 몇 마리의 강시를 만나든 저들은 그저 저들에게 주어진 일만 해 주면 되는 것입니다. 그러라고 선수금 십만 냥에 수익의 절반을 기꺼이 내놓은 것이 아닙니까."

"그렇기야 하오만…… 차후에라도 이번 표행의 목적을 삼절표랑이 알게 되기라도 한다면……."

왕욱의 장담에도 끝내 걱정을 지우지 못하는 이낙천이다.

그가 딱히 소심한 사람이어서가 아니다.

소심한 사람이었다면 이번 일에 대륙상단과 천하상단을 등지고 현천상단과 손을 잡지도 않았을 것이다.

그럼에도 못내 불안해하는 것은 그만큼 삼절표랑의 이름이 큰 때문이었다.

한때는 대륙표국의 장일산과 더불어 이 바닥을 양분했고 지금은 백이십 군소표국을 대표하는 신표련의 주인인 이낙천조차 눈치를 살펴야 할 만큼, 지난 일 년 사이 삼절표랑과 쟁천표국의 이름이 커진 것이다.

그런 이낙천의 걱정에 왕욱이 자신 있게 웃으며 손을 내저었다.

"걱정 마십시오. 모든 일을 진천왕야와 같이 했고 또한 진천왕야께도 소정의 지분이 있는 사업입니다. 아무리 삼절표랑이라도 황실 최고 권력자가 관여된 일에 왈가왈부 따지지는 못할 것입니다. 게다가…… 제가 본 삼절표랑은 무공은 높을지 모르나 그리 이치에 밝은 자도 아니었구요."

이치에 밝았다면 작년 군량미 표행을 마치고 그가 제안했던 동업 제의를 그렇게 단칼에 거절하지는 않았을 테니까.

'생각은 얕고 자존심만 강한 전형적인 철부지 애송이지.'

현천상단이 뒷배가 되어 준다는 것이 어떤 의미인지도 모르는 애송이가 현천상당의 중경 사업이 얼마나 막대한 이권이 걸린 일인지 어찌 알겠는가 말이다.

"련주님은 아무 걱정 마시고 중경에 세울 지부만 생각하시면 됩니다. 앞으로 중경은 동서를 연결하는 가장 안전한 통로가 될 것이고 그곳을 통하는 모든 표물은 신표련이 맡게 될 테니 말입니다."

그렇게 호언장담하는 왕욱의 표정은 이미 중경의 초거대 사업이 다 완성되기라도 한 것처럼 자신만만했다.

'그리고 난 내년에 있을 경선에서 현천상단의 상단주가 될 테고.'

사실 그가 조금은 무리수를 둬가면서까지 이번 일을 추진한 것도 그 때문이었다.

곧 지금의 상단주가 이십 년의 임기를 마치고 은퇴를 한다. 그리고 내년에 그를 포함한 세 명의 부단주 중 하나가 원로원의 간택을 받아 상단주의 직책을 맡게 된다.

그동안 이루어 낸 업적이나 경력, 나이와 인맥까지 모든 면에서 다른 두 부단주에 비해 가장 열세인 것이 그였다.

경쟁에서 이기려면 한 방 역전이 필요했다.

그리해 생각해 낸 것이 바로 중경이었다.

'이번 사업만 성공하면!'

열세인 판세를 단번에 뒤집을 수 있다.

그만큼 막대한 이문이 남는 사업이었다.

그리고 고무적이게도 모든 것이 계획대로 착착 진행되고 있었다. 아니, 그런 줄 알았다.

다음 날 장청이 그를 찾아오기 전까지는.

"지금…… 뭐라 하셨습니까?"

이게 대체 무슨 말일까?

왕욱이 황당하다는 듯 장청을 본다.

"표행에 가지 않겠다니요?"

"말 그대로요. 우리 표국은 이번 표행에 가지 않기로 했소."

"이제 와서 계약을 파기라도 하겠다는 겁니까?"

"그게 바로 우리 표국의 뜻이자 국주님의 명이오."

"그게 무슨…… 어제까지만 해도 아무 말씀 없으셨지 않습니까? 한데, 하룻밤 사이 산서에 계신 정 국주님께서 연락이라도 해 오셨다는 말씀입니까?"

"우리 국주님께서는 앉아서 천 리를 보시는 분이거든."

농담이었다.

자신이 한 농담이 상당히 마음에 드는지 분위기에 안 맞게 '큭큭' 소리 내어 웃기까지 한다.

하지만 왕욱은 전혀 안 웃겼다. 아니, 황당하다 못해 불쾌하기까지 했다.

'대체 이게 뭐하자는 수작이야?'

표행에 가지 않겠다는 것도, 그게 삼절표랑의 뜻이란 것도, 그리고 저 생뚱맞은 웃음마저도 왕욱은 짜증스러웠다.

"혹, 저희가 쟁천표국의 표사분들께 무슨 실수라도 한 것이 있습니까?"

"그런 거 없소."

"한데 왜……?"

"말씀드렸지 않소? 어디까지나 우리 국주님의 뜻이라고."

"그러니까 대체 무슨 이유로!"

자기도 모르게 울컥한 왕욱이 높아진 자신의 목소리에 흠칫하고는 숨을 길게 내쉬어 마음을 가다듬었다.

"후우…… 좋습니다. 그럼 그것이 정 국주님의 뜻이라 생각하고 저희의 입장을 말씀드리겠습니다. 아시다시피 이미 표행을 위한 모든 준비가 끝난 상태입니다. 그런데 이제 와서 쟁천표국이 빠지겠다고 하면 표행 자체가 불가능해집니다. 그 손해는 고스란히 저희가 감당해야 하는 거구요. 그러니…… 저희로서는 쟁천표국에 계약 위반에 대한 책임을 묻지 않을 수가 없습니다."

"위약금을 달라?"

"예. 계약이란 것이 그런 것이니까요."

"통상적으로 계약금의 다섯 배로 알고 있는데 맞소?"

"예. 선수금 형식으로 계약금 십만 냥을 드렸으니 위약금은 오십만 냥입니다."

지금 왕욱의 표정은 이래도 계약을 파기할 수 있겠느냐며, 살짝 비웃음마저 띠고 있었다.

그도 그럴 것이, 아무리 쟁천표국이 유명해지고 표물도 선별해서 받는다지만 한 번 표행으로 쟁천표국에 떨어지는 수익은 이 만 냥 안팎이었다.

지난 일 년 동안 쟁천표국이 표행을 나선 것은 모두 열두 번.

벌어들인 수익은 총 이십칠만 냥.

거기에 일 년 전 군량미 운반으로 현천상단으로부터 받

은 돈이 이십오만 냥.

모두 해서 총 오십이만 냥의 수익을 얻었고 그중 십이만 냥은 건물 빚을 갚았다. 그러니 지금 쟁천표국의 자산은 건물을 제외하고 기껏 사십만 냥이었다. 아니, 표사들 표행비를 비롯해서 기타 표국의 운영비를 빼면 삼십만 냥도 채 되지 않을 터였다.

'오십만 냥이나 되는 위약금을 갚을 여력이 있을 리가 없지.'

그런데,

"알겠소이다. 위약금은 곧 돌려 드리도록 하지."

그의 예상과는 달리 장청은 너무도 간단히 수락을 해 버린다.

그제야 왕욱은 자신이 잊고 있던 하나를 깨닫고는 '아차!' 했다.

만년한철 무기를 오십 자루나 보유한 곳인데 재력이 부족할 리가 없지 않은가!

하지만 자신의 실수를 되돌리기에는 이미 늦었다. 장청이 할 말을 다 마쳤다는 듯 자리에서 일어서고 있는 것이다.

"저, 저기 잠깐만……."

왕욱이 급한 마음에 자신도 모르게 장청의 소맷자락을 움켜쥔다.

그럴 수밖에 없다.

이대로 쟁천표국의 표사들이 떠나 버리면 모든 계획이 다 물거품이 되어 버린다.

상단주 자리도 물 건너 간다.

아니, 그 정도 선에서 끝날 일이 아니다.

무엇보다 중경에 들어간 그 막대한 자금을 어쩐단 말인가?

그 막대한 자금을 한 푼도 회수할 수 없게 된다면,

'현천상단이 무너진다!'

일말의 여지가 없다.

그러니 장청의 소매를 움켜쥔 왕욱의 손은 절박했다.

"지, 진천왕야!"

쥐어짜듯 토해 내는 목소리도 필사적이었다.

"이대로 쟁천표국이 표행에 빠진다면, 그래서 이번 표행에 차질이 빚어진다면 진천왕야께서도 상당히 불쾌해하실 것입니다."

말은 협박이었지만 말투는 거의 애원에 가까웠다.

그런 왕욱의 손을 슬그머니 걷어 내며 장청이 말했다.

"그래도 상관없다는 것이 우리 국주님의 뜻이오."

왕욱의 마지막 발버둥까지도 간단히 뿌리쳐 버린다.

"아, 그리고…… 이 말씀도 전해 드리라 하시더군. 앉으로 현천상단과는 어떠한 거래도 없을 것이라고. 현천상단을 위해 표사를 빌려주는 일도, 표행을 나서는 일도 없을 거라고 말이오."

"대체…… 대체 왜요? 정 국주님께서 갑자기 이러시는 이유가 있을 것이 아닙니까? 저희에게 뭔가 서운하신 거라도 있으신 겁니까? 아니면 저희 측에서 무슨 큰 실수라도 있었습니까?"

"그거야…… 부단주님께서 더 잘 아실 텐데?"

"예?"

"국주님께선 이런 말까진 할 필요 없다고 하시긴 했지만, 뭐 정 궁금해하시니 한 말씀 드리지. 지금 현천상단이 중경에서 벌이고 있는 일…… 설마 그걸 우리가 모를 거라고 생각하셨나?"

매섭게 노려보는 눈길에 왕욱의 얼굴이 새파랗게 질렸다.

"그, 그걸 어찌……."

"이미 말했을 텐데? 우리 국주님은 앉아서 천 리를 보는 사람이라고."

이번엔 농담이 아니었다.

장청이 웃음기 하나 없는 얼굴로 말을 이었다.

"겉으로는 표행을 도와 달라 해 놓고 뒤로는 그런 호박씨를 까고 있었다니……."

"그건…… 그건 어디까지나 상단이 추진하는 많은 사업들 중 하나일 뿐, 이번 표행과는 상관이 없지 않습니까? 계약상으로도 하등 문제 될 것이 없는 일입니다."

"계약서로만 따지면 그렇지. 허나 우리 국주님의 기분은 그게 아니거든. 지금껏 내가 겪어 본 우리 국주님은 말이지, 그 대단한 삼절표랑께선 워낙에 밑바닥에서 밟히면서 살아오신 분이라 자신을 얕보고 기만하는 것만큼은 광적으로 못 참는 성격이시거든. 일종의 자격지심이랄까? 그러니까 당신네들은 우리 국주님을 상대로 절대로 하지 말아야 할 짓을 한 것이라 이 말이지."

그걸로 모든 할 말을 마친 장청이 매몰차게 돌아섰다.

하지만,

"어떻게 하면!"

왕욱은 그를 이대로 보낼 수가 없었다.

"저희가 어떻게 하면 되겠습니까? 어떻게 하면 정 국주님이 마음을 풀 수 있겠습니까?"

방문을 열던 장청이 멈칫하며 다시 왕욱에게로 고개를 돌렸다.

"그거야…… 그쪽이 알아서 고민해야 할 일이지. 허나, 답을 내놓으려면 일찍 내놓아야 할 거요. 우리는 오래 기다리지 않을 테니까."

그 말을 끝으로 방을 나갔다.

홀로 남은 방 안에서 장청이 나간 방문을 멍하니 보고 있는 왕욱이다. 그러나 그것도 잠시, 얼굴을 심하게 일그러뜨리며 부랴부랴 지필묵을 꺼낸다.

이 사태에 대해 본단에 답을 구하고자 함이다.

하지만 선뜻 글을 쓸 수가 없다.

본단이 모르는 것이 하나 있었다.

중경의 사업을 삼절표랑에게 알리지 않았다는 것.

중경의 사업을 알게 되면 필경 삼절표랑도 지금보다 훨씬 더 큰돈을 요구하게 될 테고, 상단은 그만큼의 이윤을 포기해야 된다.

그럼에도 본단은 얼마간의 이윤은 포기하더라도 삼절표랑과 손을 잡아야 한다는 입장이었다.

상대가 삼절표랑인 만큼 위험부담을 안고 갈 수는 없다는 것이었다.

하지만 왕욱은 그럴 수 없었다.

삼절표랑이 얼마를 요구할지 알 수 없는 상황에서 그가 욕심을 크게 부리기라도 하는 날에는 자칫 이번 사업으로 한 방 역전을 노렸던 그의 모든 계획이 수포로 돌아갈 수도 있었다.

그래서 본단에조차 알리지 않고 독단으로 처리했다.

당장이야 본단의 뜻에 반하는 일이지만 성공만 한다면 오히려 원로원에 좀 더 확실한 눈도장을 찍을 수 있으니까.

과정이야 어떠하든 결과만 좋으면 뛰어난 기지가 되고 영민한 선견지명이 되는 곳이 이곳 상계니까.

그런데 그러한 모든 계획이 지금 이 순간 심하게 틀어져 버렸다.

이제 그것은 뛰어난 기지도 영민한 선견지명도 아니다. 본단의 뜻에 반하는 명백한 죄였다.

지금 그는 그 명백한 죄를 이 하얀 종이 위에 써 내려가야 하는 것이다.

하지만 역시 쓸 수 없다.

이걸 쓰는 순간 상단주의 꿈은 그걸로 끝이다.

'아직은 아냐!'

그래 아직은 아니다.

이대로 간단히 포기해 버리기엔 너무도 간절히 바라왔던, 그리고 너무도 오랫동안 꾸었던 꿈인 것이다.

*　　*　　*

장청이 루하에게 물었다.

"괜찮겠나?"

"뭐가요?"

"황실 최고 권력자가 관여된 일이 아닌가? 게다가 이런 식으로 계약을 파기하면 표국의 신용과 명성에도 흠집이 날 테고. 말하기 좋아하는 자들 중에는 쟁천표국이 중경의 강시가 두려워 도망을 친 거라 말하는 자들도 있을 터인데……."

신용이든 명성이든 쌓기는 어려워도 무너지는 건 한순간이다.

"괜찮아요. 아무렴 황실 최고 권력자의 눈에 표국 따위가 들어오기나 하겠어요? 현천상단이라는 좋은 화풀이 상대가 있는데? 그리고 어차피 일 년 전만 해도 신용이고 명성이고 아무것도 없었던 우리잖아요. 좀 흠집 난다고 해도 크게 아까울 것도 없어요. 뭐, 그렇긴 해도…… 어차피 이번 표행, 파투 나는 일은 없을 거예요."

"현천상단이 네가 원하는 것을 다 들어줄 거라 생각하는 거냐?"

"예. 우리야 신용 좀 깎이고 명성 좀 훼손되면 그만이지만 현천상단은 아예 간판을 내려야 하는 일이니까요. 당장 목이 날아갈 판인데 팔이고 다리고 아낄 처지가 아니잖아요. 그들로서는 돈을 바리바리 싸들고서라도 우리를 붙잡을 수밖에 없어요."

루하의 예상대로였다.

이튿날, 왕욱은 돈을 바리바리 싸들고 장청을 찾아왔다.

무려 처음 계약했던 돈의 세 배인 은자 삼십만 냥이었다. 하지만, 루하의 기준에서 그것은 팔도 다리도 아닌, 겨우 새끼손가락 한 마디도 되지 않는 것이었다.

第四章

거참, 기분 한번 더럽네

"강시 한 마리당 삼십만 냥."

"……?"

"향후 쟁천표국의 표사를 빌리고자 하는 곳에서 지불해야 할 돈이오. 표행 시에 예기치 않게 강시를 만나서 강시를 잡게 되는 경우, 삼십만 냥의 추가 비용을 따로 내야 한다는 말이오."

"그게 무슨…… 강시를 대비해서 표사를 빌린 것인데 강시를 만나면 다시 추가금을 받겠다니……."

"이게 다 당신네들이 꼼수를 부리려 한 때문이 아니겠소? 다시는 이런 꼼수로 우리를 기만하는 일이 없도록 말이오. 이렇게 하면 적어도 일부러 우리를 강시한테로 데려가는 자들은 없을 테니까."

"아무리 그래도 그렇지 강시 한 마리에 삼십만 냥이라니…… 그럼 중경의 강시를 다 처리하려면 백오십만 냥을 내야 한단 말입니까?"

터무니없다.

백오십만 냥이라니? 아무리 천하제일의 부를 자랑하는 현천상단이라도 백오십만 냥은 절대로 간단한 액수가 아니었다.

이미 중경에 막대한 자금이 들어갔다.

또 앞으로 그 이상의 자금이 더 들어가야 하는 상황이다.

당장 백만 냥도 마련하기가 힘든 판국에 백오십만 냥은 절대로 무리였다. 삼십만 냥만 해도 왕욱으로서는 정말이지 최대한의 재량을 발휘한 것이었다.

하지만 이어서 나온 장청의 말은 왕욱을 더욱더 절망적이게 만들었다.

"좀 오해가 있으신가 본데…… 강시 한 마리당 삼십만 냥은 어디까지나 앞으로의 방침이 그렇다는 것이오. 현천상단과는 계산법이 다르지."

"……?"

"일전에도 말했다시피 지금 우리 국주님께선 당신들에

게 기만당했다 생각하시고 상당히 불쾌해하고 계신단 말이오. 그런 그분의 마음을 돌려야 하는 일인데 당연히 남들과 똑같은 조건으로 될 리가 없지 않소?"

"그럼 대체…… 얼마를 원한단 말입니까?"

"그거야 그분의 마음을 돌릴 정도여야겠지."

"그러니까 그게 얼마인지……."

"하하. 천 리 먼 길에 계시는 분의 마음을 난들 어찌 알겠소?"

장청의 시치미가 어이없기만 한 왕욱이다. 아니, 놀리는 것도 정도가 있다. 더는 참고 들어 줄 수가 없을 지경이다.

"허면 총표두께선 천 리 먼 길 떨어져 있는 사람의 마음을 어찌 그리 잘 알아서 상황상황들마다 그분의 뜻을 정확히 전한단 말입니까?"

"천리전음(千里轉音)이라고 못 들어봤소? 천 리를 격하고 소리를 전한다는 전음입밀의 최고경지 말이오."

"그럼 지금 천리전음으로 그분의 말씀을 듣고 있단 말입니까? 그게 무슨……."

귀신 씻나락 까먹는 소리란 말인가?

천리전음이라니?

이야기 속에서나 나오는 그런 황당무계한 무공이 실존할 리가 없지 않은가!

그런데도 왜 이 순간 '어쩌면' 이라는 단어가 목구멍을 간질이는 것일까?

그동안 루하가 보여 준 상식을 벗어난 기행과 업적들이 그 황당무계한 무공조차 '어쩌면' 이란 생각을 하게 만든다.

하지만 이내 고개를 저었다.

아무리 삼절표랑이 신기막측한 인물이라고 해도 천 리 밖에서 목소리를 전한다는 건 도무지 말이 안 된다.

"지금 어디 계십니까? 분명 이 근처에 와 계신 것일 터, 정 국주님을 직접 뵙고 말씀을 드리겠습니다."

왕욱이 제대로 된 대답을 얻기 전에는 이 방에서 한 발짝도 움직이지 않겠다는 듯한 표정으로 장청을 본다.

그런 왕욱을 보며 장청이 뭐라 입을 열려 할 때였다.

"좋습니다. 무슨 말씀을 하시는지 어디 그 얘기 한번 들어나 보죠."

갑자기 방문이 열리며 루하가 방 안으로 들어섰다.

방문 밖에서 그들의 이야기를 다 듣고 있었던 것이다.

루하가 털썩 왕욱을 마주하고 앉으며 어디 할 말 있으면 해 보라는 듯 척 팔짱을 꼈다.

루하가 근처에 있을 거라고는 짐작했지만 설마하니 바로 이곳에 있을 거라고까지 미처 생각지 못했던 왕욱은 당황한 기색이 역력한 얼굴로 루하를 보았다. 그러나 그것도 잠시, 이내 마음을 추스르고는 물었다.

“저희가 어찌하면 국주님께서 마음을 돌리시겠습니까?”

“그건 오히려 제가 묻고 싶은 말인데요? 현천상단에서는 어떻게 제 마음을 돌리시겠습니까? 기껏 삼십만 냥으로 제 마음을 돌리러 오신 분께서 강시 한 마리당 삼십만 냥인들 제대로 감당이나 하실 수 있겠습니까?”

“허나 강시 한 마리당 삼십만 냥은 너무 과한 요구이십니다.”

왕욱의 우는 목소리에 루하가 피식 실소를 흘리며 말했다.

“착각을 하고 계시나 본데, 그건 협상의 여지가 있는 일이 아닙니다. 못 들으셨습니까? 그게 앞으로 쟁천표국의 운영 방침이 될 거라고. 가장 기본적인 걸 가지고 협상을 하려 드신다면 제가 굳이 이 자리에 계속 앉아 있을 이유가 없죠. 저는 저를 기만한 데 대한 현천상단의 좀 더 진심 어린 사과와 그에 합당한 성의 표시를 원하는 겁니다. 제 틀어진 마음을 다시 돌릴 수 있을 만큼요.”

왕욱은 곤혹스러움을 감추지 못했다.

진심 어린 사과라면 당장 이 자리에서 무릎을 꿇고 백 번 머리를 조아릴 수 있다. 하지만 백오십만 냥의 수당만 해도 막막한 지경에 거기에 더해서 합당한 성의 표시는 또 뭐란 말인가? 대체 루하의 속마음에 무엇이 들어 있는지 이제 덜컥 겁이 나기까지 한다.

그렇게 곤혹감에 빠져드는 왕욱을 보며 루하가 말을 이었다.

"그래도 난 말입니다, 현천상단에서 이번 의뢰를 가져왔을 때 지난번 군량미 표행에서 별로 안 좋았던 기억도 잊고 내 나름으로는 새롭게 좋은 인연을 만들어 가 볼 생각이었다 이 말입니다. 근데…… 나를, 내 표사들을 그딴 식으로 이용해 먹을 꿍꿍이를 꾸며요? 내 표사들을 그런 위험천만한 곳으로 들여보낼 계획을 꾸몄으면서 나한테 일언반구도 없어요? 내가 그렇게나 만만해 보이던가요? 새파랗게 어린 놈이 뭘 알겠냐 싶었어요? 그딴 식으로 날 이용해 먹을 생각 하면서 당신네들끼리 아주 날 등신 취급하면서 비웃어 댔을 걸 생각하면 지금도 피가 거꾸로 솟는 거 같다 이 말이죠!"

씹어뱉듯 토해 내는 루하의 목소리에는 정말로 가득한 노기가 서려 있었다.

천하를 호령하는 루하다.

실력도 실력이거니와 위엄과 기도도 이미 천하를 품을 만큼 크고 무거워져 있었다.

천하제일의 상단에서 부단주직을 맡고 있는 왕욱조차 지금 루하가 보여 주는 위엄에 마른침만 삼키고 있어야 할 정도였다.

그런 왕욱을 보며 루하가 노기는 가라앉히되 한층 더 단단해진 목소리로 말했다.

"예. 알겠습니다. 저도 더 이상 이런 구질구질한 얘기로 부단주님과 마주하고 싶지 않으니 본론만 말씀드리겠습니다. 까놓고 말해서 우리가 이번 표행을 거절하면 현천상단…… 어떻게 됩니까? 아무리 헐값이었다고 해도 그 큰 땅을 통째로 샀으니 어마어마한 자금이 투입되었을 테고, 우리가 강시를 제거해 주지 않으면 거기에 들어간 그 어마어마한 돈을 고스란히 다 날리는 거 아닙니까?"

심지어 설란이 가져온 정보로는 상단의 자금으로도 부족해서 여기저기 꽤 많은 돈을 끌어다 썼다고도 했다.

"내가 알기로는 중경의 사업이 이대로 중단되면 현천상단은 채 삼 년도 버티지 못할 거라 하던데, 제가 잘못 알고 있는 겁니까?"

"……."

왕욱은 아무런 대꾸도 할 수 없었다.

너무 정확히 알고 있어서 정말이지 등허리에서 식은땀이 날 정도로 놀라고 있었다.

루하의 말대로였다. 중경의 사업이 삼 년만 멈춰도 현천상단은 극심한 자금난에 시달리게 될 터였다.

왕욱의 표정에서 충분히 사실 확인을 마친 루하가 비릿하게 입꼬리를 말아 올렸다.

“역시 현천상단의 목숨 줄이 우리한테 달려 있는 게 맞긴 맞나 보네요. 그럼 당연히 목숨값을 받아야겠죠?”

“목숨……값이라 하시면?”

왕욱이 불안한 눈으로 루하를 본다.

루하가 더 끌지 않고 말했다.

“강시에 대한 수당과는 별개로 지분의 삼 할!”

“예?”

“애초에 해당 표행 건에 대한 수익의 절반을 받기로 계약하지 않았습니까? 그걸 좀 더 넓은 의미로 해석해서 이번 표행에서 발생하는 모든 수익의 지분을 나눠 받겠다는 겁니다.”

왕욱이 잠시 어리둥절한 표정을 했다.

루하의 말이 언뜻 잘 이해가 되지 않아서였다.

“모든 수익의 지분이라 하시면……?”

“말 그대로입니다. 이번 표행으로 발생하는 모든 수익의 삼 할입니다. 당연히 지금 현천상단이 중경에서 벌이고 있는 사업도 포함되는 것이구요. 어차피 우리가 참여하지 않으면 중경의 사업도 그대로 좌초되는 것이 아닙니까? 그러니 그에 따른 지분을 받겠다는 것입니다."

순간 왕욱의 얼굴이 더 구겨질 수 없을 만큼 구겨졌다.

"그게……."

무슨 말 같지도 않은 소리냐는 말이 목구멍까지 올라왔다.

백오십만 냥만 해도 터무니없을 지경인데 중경의 지분 삼 할을 달라니?

'현천상단이 중경에 퍼부은 돈이 얼만데!'

그리고 앞으로 퍼부을 돈이 또 얼마인데!

돈 한 푼 안 들인 주제에, 백오십만 냥이라는 수당까지 챙기면서, 고작 강시 몇 마리 잡아 주는 대가로 중경의 삼 할을 달라니? 이게 어디 가당키나 한 소리란 말인가.

이건 칼만 안 들었지 날강도가 따로 없지 않은가 말이다!

그런데 왕욱을 더욱 어처구니없게 만드는 것은 루하의 이어진 말이었다.

"멀리 내다보면 현천상단으로서도 그렇게 손해나는 장사는 아닐 겁니다."

"대체 어디가…… 손해나는 장사가 아니라는 말입니까?"

"그러니까 멀리 내다보라는 말입니다. 이번에 중경의 강시를 우리가 어찌어찌 처리한다고 칩시다. 그래서 중경을 다시 살린다고 칩시다. 근데 거기에 다시 강시가 안 나타나리라는 보장이 있습니까? 중경에 무려 다섯 마리나 강시가 정착한 것을 보면 그 땅이 강시들에게 꽤나 매력적인 땅이라는 건데, 세상에 널리고 널린 강시 중에서 그 땅에 매력을 느끼는 놈이 또 한 놈도 없을 거라 어떻게 장담을 하냔 말입니다. 만일 중경에 다시 강시가 나타나면 그땐 어쩔 겁니까? 중경이 다시 죽음의 땅이 되면 중경에 벌여 놓은 사업들은 죄다 망하는 건데, 무슨 대책이라도 있습니까? 아마도 내가 중경의 일을 알지 못했다면 그때도 또 우리 표사를 대여해서 이용해 먹을 생각이었겠지만, 미안하게도 이미 내가 다 알아 버렸는 걸 어쩝니까? 당신들이 날 바보 취급하려 한 걸 알았는데 내가 미쳤다고 당신네들을 돕겠습니까?"

"……."

"지분 삼 할이면 됩니다. 삼 할의 지분이면 지금 틀어진 내 마음도 풀 수 있고 사후 처리도 확실히 해 드릴 겁니다. 아무렴 내 밥그릇인데 거기에 오물이 튀게 가만히 두고 보겠습니까? 뭐, 그래도 삼 할의 지분이 아까우시면 그냥 무시해 버리세요. 강요하는 건 아닙니다. 어차피 별로 아쉬울 것도 없는데 뭐하러 강요를 하겠습니까? 우리야 중경이고 뭐고 다 잊고 당장 내일이라도 산서로 돌아가서 원래 하던 대로 표행이나 다니면 되니까.”

강요가 아니라지만 명백한 강요였다.

아니, 이건 숫제 협박이었다.

그런데도 왕욱은 한 마디 반박도 할 수 없었다.

삼 할의 지분이야 터무니없는 요구지만 루하의 말대로 중경에서 벌이고 있는 사업을 지속적으로 진행을 하자면 쟁천표국의 힘이 절대적으로 필요한 것이 사실이기 때문이었다.

그런 왕욱의 마음을 알아차린 루하가 다시금 비릿한 미소를 머금었다. 그 미소에는 한층 더 단호해진 탐욕이 짙게 자리를 잡고 있었다.

그리고 그런 루하를 보는 왕욱은 잠시 밀어둔 지필묵을 다시 꺼낼 수밖에 없다는 것을 인정해야 했다.

간절히 바랐고 오랫동안 꾸었던 꿈을 포기해야 했다.

지금으로서는 본단에 알리는 것 말고는 어떠한 대책도 있을 수가 없는 것이다.

*　　*　　*

작은 막대기로 반투명의 유약을 찍어 인피면구의 끝 면

에 발라 가늘고 부드러운 솔로 '사삭사삭' 부드럽게 문질러 틈을 없애자 목덜미에서 이어지는 인피면구의 흔적이 감쪽같이 사라졌다.

이어서 묶어 올려놓은 머리를 내리고 가지런히 빗질을 시작한다.

빗질을 하는 손길이 세심하고 정성스러워서 마치 어느 아낙이 딸의 머리카락을 손질하는 것처럼 정다워 보였다.

"매번 인피면구를 벗었다 썼다 하는 거 안 귀찮니?"

루하의 머리를 손질하던 설란이 그렇게 물었다.

설란의 손길에 머리를 맡긴 채 입가에 기분 좋은 미소를 매달고 있던 루하가 대답했다.

"전혀. 덕분에 이렇게 너한테 머리 손질도 받고 하잖아. 난 이상하게 너한테 머리 손질 받을 때가 제일 마음이 편해. 되게 사랑받는 느낌이 든다고나 할까…… 세상에 나 혼자가 아니라는 기분이 든다고나 할까……."

루하의 말에 순간 심장이 저릿해 오는 설란이다.

가끔씩 이렇게 무심결에 내뱉는 루하의 한마디가 아플 때가 있다.

지금이야 세상 부러울 것 없는 루하지만 어린 나이에 세상에 홀로 버려진, 그 지울 수 없는 상처가 그녀의 심장을 할퀴곤 한다.

"혹시 니가 귀찮아서 그러는 거야? 하기 싫어?"

"아니거든? 나도 뭐…… 썩 나쁘지 않아. 옛날에 버려진 강아지를 한 마리 주워 온 적이 있었는데 젖은 땅에 뒹구는 걸 좋아해서 비 오는 날이면 늘 이렇게 털을 빗질해 줬었거든. 그때 생각도 나고, 암튼 그래."

"야! 그럼 지금 내 머리가 개털 같다는 거야?"

"말이 그렇다는 거지. 말이. 근데 정말 언제까지 쟁자수 놀이 하고 있을 거야? 어차피 이제 부단주에게 얼굴도 보였잖아? 네가 여기 와 있는 걸 알렸는데 굳이 이렇게 번거롭게 이중생활을 할 필요가 있어?"

"당연히 필요가 있지. 난 이번 표행에도 이대로 계속 쟁자수인 채로 참가할 거니까. 그래서 일부러 총표두님한테도 내가 쟁자수로 들어와 있다는 건 안 알려줬단 말이야. 게다가 진짜 협상은 지금부터야. 현천상단에서 어떻게든 절충을 해 보려고 나한테 협상안들을 가져올 테니까. 분명 본단에서까지 사람이 찾아와서 사정사정해 대겠지. 그런 사정 다 들어주다가는 끝이 없어. 장사의 기본은 협상이고, 그런 걸로 천하제일이 된 작자들인데 나 같은 놈 하나 세 치 혀로 못 구슬리겠냔 말이지. 그러니까 이제부턴 아예 안 만날 거야. 지들이 세 치 혀를 아무리 잘 놀려 봐야 협상할 대상이 없는데 어쩌겠어?"

"그럼 정말 요구한 대로 고대로 다 받아 낼 생각이야?"

"당연하지!"

"하지만 그건 너무 과하다니까. 그 막대한 투자금에 강시 수당 백오십만 냥, 거기에 중경의 지분을 삼 할이나 너한테 주면 현천상단으로서는 거의 남는 것이 없어."

"그게 바로 내가 바라는 바야. 성질 같아서는 삼 할이 아니라 아예 절반 정도는 뚝 떼 달라 하고 싶었다니까. 날 바보 취급하려 한 대가로 그 정도는 받아 줘야 앞으로 엄한 놈들이 감히 날 상대로 이런 개수작질을 못 할 거 아냐? 본보기는 확실하게! 진짜 성질대로 했으면 지분이고 나발이고 간에 벌써 다 때려치우고 산서로 돌아갔어! 이 정도 선에서 참은 것도 다 내가 마음이 약해서 사정 많이 봐준 거라고."

"마음이 약해서가 아니라 돈 때문이겠지."

"뭐, 그런 면도 있긴 있지. 어차피 이것도 한철 장사니까. 언제고 강시가 다 사라지면 이 호시절도 같이 끝나는 건데 그때까지 벌 수 있는 만큼 바짝 벌어 둬야지 않겠어? 그렇다고 해도 이건 어디까지나 지들이 자초한 거야. 나한테 의뢰를 하러 오기 전부터 중경 땅을 사들이고 있었다며? 그건 나는 아예 안중에도 없었다는 거 아냐? 나 같은 건 지들 손바닥 위에 올려놓고 얼마든지 입맛에 맞게 가지고 놀 수 있다 생각한 거 아니냐고! 그러니까 그거 괘씸해서라도 더 이상은 협상도 타협도 양보도 없어. 내가 원하는 걸 전부 다 들어주기 전에는 아예 만나지도 않을 거야."

그 바람에 장청만 번거로워졌다.

루하의 예상대로 어떻게든 루하를 만나게 해 달라며 하루에도 몇 번씩이나 뻔질나게 찾아오는 왕욱이었다. 심지어 현천상단의 단주라는 자조차 직접 찾아와서 지분만큼은 안 된다면서 은자 삼백만 냥을 제시하기까지 했다.

하지만 장청에게서 나오는 대답은 언제나 같았다.

"국주님과는 연락이 되지 않습니다."

언제는 앉아서 천 리 밖을 본다느니 천리전음이니 하면서 마음만 먹으면 언제라도 연락이 될 것처럼 하더니, 근처에 있다는 걸 뻔히 알고 있는데도 그렇게 모르쇠로 일관한다.

그 바람에 이미 예정했던 표행도 기약 없이 미뤄지고 있었다.

표행이 하루하루 미뤄질수록 거의 돈이 물 새듯 하고 있는 상황, 그야말로 아주 똥줄이 타들어 갈 지경인데 장청은 거기에 한술 더 떴다.

"이제 기다릴 만큼 기다려 준 것 같으니 우리는 이만 산서로 돌아가야겠소."

아예 최후통첩까지 한다.

그로써 현천상단에 놓인 길은 두 가지뿐이었다.

이대로 망하든가, 아니면 루하의 요구를 고대로 들어주고 작은 이윤에 만족하든가.

놓인 길은 두 가지였지만 어차피 선택지는 하나뿐이었다.

현천상단이 세워진 이래, 사상 유례없는 최악의 거래를 하는 것.

그리해 현천상단의 늙은 단주와 그새 십 년은 늙은 듯한 왕욱을 앞에 두고 자신의 요구 조건이 그대로 반영된 계약서에 마침내 도장을 찍었다.

"그럼 이제 우리, 완전하게 동업자가 된 건가요? 하하하하."

흡족해하며 시원하게 대소를 터트리는 루하와는 달리 시종일관 죽을상을 하고 있는 그들이었지만 전혀 개의치 않았다.

어차피 이렇게 될 일이었다.

현천상단이 숨긴 패를 알아챈 순간, 처음부터 끝까지 칼자루를 쥔 것은 루하였던 것이다.

그리해 마침내 기약 없이 미뤄지던 표행이 시작되었다.

"신표련 표행단! 출(出)!"

이낙천의 일갈에 총인원 칠백 명의 표행단이 출발했다.

"표사님들 부디 무사 귀환하십시오!"

"표사님들! 강시 그것들 깔끔하게 처리하고 천하 무림에 이름 한 번 제대로 날리시는 겁니다!"

표행단을 향하는 기대와 관심이 부쩍 높아졌다.

쟁천표국의 표사들을 구경하러 나왔을 때보다 구경꾼들의 수도 훨씬 더 많아져 있었고 분위기도 한층 더 뜨거웠다. 아예 도로 전체가 축제 분위기였다.

그도 그럴 것이, 누구의 입을 통해 새어 나갔는지는 모르지만 이것이 단지 표물을 운송하기 위한 표행단이 아니라 사실은 강시 토벌대라는 것이 밖으로 알려진 때문이었다.

쟁천표국의 표사들이야 늘 겪는 일이었다. 그래서 새삼스러울 것도 없었다. 하지만 신표련의 표사들에겐 난생처음 겪어 보는 환호와 응원이었다. 그 익숙지 않은 분위기에 다들 한껏 상기된 기색이 역력했다.

하지만 그처럼 시끌벅적 들뜬 분위기에도 유독 동떨어진 자들이 있었다.

떠나는 표행단을 멀리서 지켜보고 있는 현천상단의 사람들이다.

말 그대로 죄다 썩은 얼굴들이다. 특히 중경의 사업부터 쟁천표국을 끌어들인 것까지, 그 모든 것을 설계했던 왕욱은 이젠 정말 산 자의 얼굴이라고 할 수가 없을 지경이었다.

눈은 퀭했고 그동안 끼니 한 번 제대로 못 먹었는지 핼쑥한 얼굴은 누렇게 떠있다.

이번 사태로 상단주의 꿈이 날아간 것은 물론이고 부단주직 박탈도 기정사실이나 다름없었다. 어쩌면 평생 몸담았던, 그에겐 고향이자 울타리이며 뿌리인 현천상단에서조차 내쳐질지도 모르는 처지였다.

그저 조금 안일하고 조금 오만했던, 그리고 조금 과한 욕심을 부렸던 것의 대가치고는 너무 혹독한 벌을 받아야 하는 것이다.

물론 가진 것 다 잃게 된 왕욱과는 달리 이번 일로 넘치도록 챙길 거 다 챙긴 루하는 무척이나 기분이 좋았다.

어찌나 기분이 좋은지 연신 히죽히죽 웃음이 나는 바람에 쟁자수 왕삼이 '자네 혹시 뭐 못 먹을 걸 잘못 먹은 겐가? 왜 그렇게 실없는 사람처럼 웃어 대?' 하며 걱정을 다 할 정도였다.

"흐흐. 이번에 강시를 말끔히 정리해서 중경을 다시 되살리면 과연 나한테 한 해에 얼마나 떨어질까?"

설란에게 물어봐야 알 도리가 없다.

설란으로서도 계산이 안 된다. 강시를 정리하고 나면 중원 대륙에서 가장 안전한 땅이 되는 만큼 동서를 오가는 거의 모든 문물이 중경을 지날 테고, 그 문물이 닿는 곳마다 현천상단에 이윤이 발생할 터였다.

그것이 과연 어느 정도의 규모일지 상상조차 되지 않는다.

"양 총관님이라면 대강 아시려나? 아무래도 나랏밥 먹어 본 양반이니 대충이라도 계산을 뽑을 수 있을 것도 같은데 말이야."

"어쩌면. 근데 너무 일찍 좋아하는 거 아냐? 일단 강시부터 다 잡은 다음에 좋아해도 늦지 않잖아. 알려진 것만 해도 다섯 구고, 어쩌면 그보다 더 많을 수도 있어. 게다가 다섯 구라고 해도 워낙에 변칙적으로 움직이는 것들이라 이번 표행에서 다 만날 수 있을지 장담할 수도 없고. 어쩌면 수색만 죽어라 하다가 헛물만 켜고 돌아와야 할지도 몰라."

"무슨 소리를 하는 거야? 무조건 찾아야지. 찾을 때까지 아예 중경에서 안 나올 거라고. 뭐하러 번거롭게 두 번 세 번 다시 와? 거기에 걸려 있는 돈이 얼만데. 한 달이고 두 달이고, 아니, 일 년이 걸린다고 해도 아예 끝장을 보고 와야지."

"일 년은 무슨…… 있던 사람들 다 떠나고 제대로 된 객

잔 하나 찾기 어려운 곳이야. 그 을씨년스러운 곳에서 일 년을 어떻게 버티니?"

"말이 그렇다는 거지. 설마하니 그 존재감 만땅인 강시들을 아무렴 일 년이나 찾지 못할라고. 게다가 일이 술술 잘 풀리는 게, 지금 예감 무지 좋아. 다섯 마리 다 금방금방 만날 것 같은 그런 느낌이 든단 말이야."

루하는 자신에 차 있었다.

아니, 마음이 붕 떠 있다는 게 맞았다.

단순히 표사들을 좀 더 효율적으로 활용해 볼 생각에 받아들인 표사 대여였는데 어찌어찌 일이 풀리다 보니 계획에도 없던 엄청난 돈을 벌게 되었다. 그러다 보니 세상이 온통 장밋빛이다.

뭐든 다 잘될 것만 같고, 모든 일이 다 술술 풀릴 것만 같다.

'뭐랄까…… 우주의 기운이 내게로 모이고 있는 느낌이라고나 할까?'

그런데 그것이 단순히 느낌만은 아닌 모양이었다.

정말로 우주의 기운이 그에게로 몰리고 있는 건지는 모르겠지만, 적어도 중경의 강시들은 그의 예언대로 굳이 찾지 않았는데도 금방금방 나타났다.

하지만 루하는 그것을 좋아라 할 수만은 없었다.

뭐든 과함은 모자람만 못하다 했던가.

그것이 우주의 기운이든, 아니면 단순한 운이든 간에 지나쳐도 너무 지나쳤다.

"왜……."

대체 왜!

"어째서 강시가 합공을 하는 건데!"

처음에는 그저 한 마리였다. 예정된 경로대로 옥화산에 다다랐더니 마치 기다리고나 있었다는 듯 한 구의 강시가 떡하니 버티고 있었다.

중년의 여자 강시였다.

강시에게 나이가 무슨 상관이겠냐마는, 아무튼 살아 있을 당시는 그랬던 것 같은데 중년이라고 해도 상당한 미모였다. 하지만 그 미모를 제대로 감상할 틈도 없었다.

옥화산 산어귀에서 표행단을 마주친 순간,

"끼아아아악!"

찢어질 듯한 괴성을 토하며 표행단을 향해 달려든 것이었다.

표사들이고 쟁자수고 할 것 없이 모두가 심장이 얼어붙었지만, 어차피 쟁천표국의 표사들에게야 익숙한 상황이었다.

장청이 조금도 당황하지 않고 외쳤다.

"철쇄봉혼진(鐵鎖封魂陣)! 제일 진 동미동! 제이 진 북북서! 제삼 진 천(天)!"

장청의 외침에 스물다섯 명의 쟁천표국 표사들이 일제히 진을 펼쳐 이중의 벽을 치고 덮쳐드는 강시를 막았다.

그 순간, 다시 진법이 변했다.

"십방무영진(十方無影陣)! 제일 진은 바람처럼 신속하게! 제이 진은 태산처럼 무겁게! 제삼 진은 파도처럼 거침없이 부순다!"

쟁천표국의 표사들이 펼치는 진법은 처음 군량미를 운반하며 만났던 강시 때와는 차원이 달랐다. 방어는 철벽처럼 단단했고 공격은 날카롭고 맹렬했다.

그 짧은 순간에 수많은 변화가 만들어지는 중에도 어느 하나 흐트러짐 없이 질서정연하기까지 했다. 그로 인해 무섭게 달려들었던 강시는 너무도 간단히 수세에 몰려 거의 발악하듯 괴성을 토해 대고 있었다.

"끼아아아아악!"

진에 갇혀 괴성을 토해 내며 그 거친 야성을 사방으로 폭발시키는 강시의 모습은 마치 궁지에 몰린 생쥐처럼도 보였고 화살 맞은 멧돼지처럼도 보였다.

그러는 중에도 쟁천표국의 표사들이 펼치는 진법은 강시

를 더욱더 압박해 갔다.

그런데 그때였다.

"크아아아앙!"

난데없이 표행단의 뒤쪽에서 산중을 떨어 울리는 포효성이 터져 나오는가 싶더니 무언가 시커먼 것이 장내로 뛰어들었다.

"뭐, 뭐야?"

모두의 경악한 시야 속으로 그렇게 뛰어든 무언가의 형체가 잡혔다.

그건 놀랍게도 또 한 구의 강시였다.

그 강시는 장내로 뛰어들자마자 곧장 쟁천표국의 표사들이 펼치고 있는 진법을 향해 맹렬히 돌진했다.

"뭐, 뭐야 이게!"

"여기에 왜 강시가 두 마리나 있는 거야!"

전혀 예상치 못한 상황이었다.

수차례 강시를 잡아 본 경험이 있는 노련한 표사들조차 당황해서 어쩔 줄 모르고 있었다.

당연히 그 굳건하던 전열은 흐트러졌고 일사불란하게 돌아가던 진법도 멈췄다.

그런 상황에선 장청도 어찌해 볼 방법이 없었다.

아니, 진법에 관해서는 아직 초짜나 마찬가지인 그인지

라 어떻게 대처해야 할지 방법을 찾지 못하고 있었다.

그런 와중에 갑작스럽게 뛰어든 강시와 여자 강시가 만났다. 직후, 놀라운 광경이 펼쳐졌다. 두 강시가 쟁천표국의 표사들을 상대로 합벽진을 펼치기 시작한 것이다.

그 광경을 지켜보던 루하는 아주 기절초풍할 지경이었다.

"저, 저게 뭐야? 강시 따위가 왜 합벽진을 펼치는 건데?"

강시가 다른 개체를 돕는다는 것만 해도 듣도 보도 못한 일인데, 이성도 감정도 없이 오직 본능대로만 움직이는 강시가 어떻게 저리도 완벽한 합벽진을 펼쳐 댄단 말인가?

그때 설란이 급히 말했다.

"저기 강시들 목을 봐 봐!"

"목?"

"초승달 모양의 목걸이 보여? 둘 다 같은 목걸이야."

그러고 보니 두 강시의 목에는 똑같은 문양의 목걸이가 걸려 있었다.

"근데 저게 뭐?"

"어쩌면 저 둘은 살아 있을 때 연인이거나 부부였는지도 몰라. 아니면 사형제 간이었거나."

"그래서? 설마 강시가 되어서도 살아 있을 때의 기억을 가지고 있다는 거야?"

"기억인지 감정의 찌꺼기인지는 모르겠지만, 아무튼 과거의 무언가가 저들에게 작용하는 것만은 분명해."

루하가 새삼스러운 눈으로 강시들을 살폈다.

기분 탓일까?

피를 그리는 살인귀의 본능밖에 없는 강시들인데도 그들의 움직임에선 왠지 어떤 끈끈함이 느껴졌다.

하지만 그걸 깊이 생각할 겨를이 없었다.

두 강시의 맹폭에 표사들의 목숨이 경각에 달려 있었다.

더는 두고 볼 수 없다.

쟁자수 놀이나 하고 있을 때가 아니었다.

그리해 루하가 그 살벌한 전쟁터로 뛰어나가려던 순간이었다.

"무영(武英), 범승(凡承), 사무(使務), 대복(大福), 공가(孔茄), 명신(銘晨)! 육허양량진(六虛梁涼陣)!"

표사들의 목숨이 거의 저승 문턱까지 다다른 순간 돌연 모웅이 앞으로 나서며 그렇게 외쳤다.

그러자 우왕좌왕 당황해서 어찌할 바를 모르던 표사들 중 여섯이 모웅의 옆으로 모이며 갈지자(之)의 형태로 진을 형성했다.

그것으로 끝이 아니었다.

"곽상(郭尙), 석형(晳瀅), 승(承), 오철(悟徹), 운경(雲景)! 오호복마진(五虎伏魔陣)!"

연이어서 모웅이 진법을 외치자 전장에는 순식간에 네 개의 진형이 만들어졌다.

그렇게 빠르게 흐트러진 전열을 재정비한 모웅이 다시 외쳤다.

"제이 진과 제삼 진은 두 강시를 갈라놓고 제일 진은 여자 강시를, 제사 진은 남자 강시를 맡는다!"

그때부터 표사들의 움직임이 다시 본래의 모습을 찾았다.

표사들뿐만 아니라 장청도 혼란의 와중에 정신을 수습하고는 제사 진의 선두에서 직접 남자 강시를 상대했다.

그 모든 광경을 지켜보던 루하는 어안이 다 벙벙할 지경이었다.

"모 표두님이…… 원래 저렇게 진법을 잘 다뤘어?"

사실 설란에게도 방금 모웅이 보여 준 그 기민하고 능숙한 대처는 의외의 것이었다.

하지만 그러면서도 일면 납득이 가기도 한다.

"무공 자체는 크게 높다 할 수 없지만 모 표두님의 진법 이해도만큼은 확실히 남다른 면이 있긴 했으니까. 게다가…… 군관 출신이어서 아무래도 이런 소규모 전투를 치른 경험이 많기도 하고."

그러고 보니 들은 기억이 있다.

무려 종오품의 부천호(副千戶)까지 올랐다고 했다. 그런 사람이 무슨 사연으로 도적질을 하고 있는지까지는 듣지 못했지만, 그 정도 경력을 가지고 있다면 조금 전 보여 준 지휘관으로서의 능력도 어쩌면 당연한 것일지도 모르겠다.

아무튼 그렇게 루하가 새삼스러운 눈으로 모웅을 보는 사이 강시 사냥은 벌써 막바지로 치닫고 있었다.

서걱―

살점이 베이고,

"끄아악!"

고통에 찬 비명을 토한다.

계속된 반복 속에 먼저 여자 강시의 무릎이 꺾였다.

남자 강시라고 사정은 다르지 않았다.

그런데, 여자 강시의 무릎이 꺾이고 '끄아아악!' 마지막 단말마의 비명이 토해지는 그 순간이었다.

"크아아아아악!"

제사 진의 공격에 마찬가지로 마지막을 맞고 있던 남자 강시가 돌연 지금까지와는 차원이 다른 거력으로 제사 진을 뿌리치고, 심지어 그 중간에서 두 강시를 격리시키고 있던 제이 진과 제삼 진마저 밀쳐 버리고는 여자 강시가 있는 제일 진으로 달려들었다.

그 기세가 어찌나 사납고 흉포한지 이제 한 가닥 남은 여자 강시의 마지막 목숨 줄을 거두려던 제일 진의 표사들조차 움찔하며 뒤로 물러설 정도였다.

그 틈을 놓치지 않고 남자 강시가 제일 진이 펼쳐 놓은 진법 안으로 뛰어 들어갔다. 그러고는 자신의 몸으로 쓰러진 여자 강시를 감싸 안는다.

제일 진의 표사들이라고 가만히 있지 않았다.

남자 강시의 기세가 사납고 흉포했던 만큼 더욱 거세게 공격을 퍼부었다.

"죽엇!"

공포는 분노가 되고 분노는 들끓는 살기로 변해 무자비하게 남자 강시를 난도질했다.

"크아아아악!"

남자 강시의 비명이 섬뜩하게 울려 퍼졌다.

그런데도 여자 강시를 감싸 안은 몸을 풀지 않는다.

마치 바위라도 된 것처럼, 그렇게 무차별적인 칼을 그대로 다 받아 내고 있었다.

그 모습은 처절하다 못해 처연하기까지 해서 그렇게 무차별적으로 공격을 퍼붓던 표사들조차 잠시 칼질을 멈출 정도였다.

아니, 더 이상의 칼질은 필요가 없었다.

온몸이 난자당한 남자 강시는 여자 강시를 감싸 안은 그대로 이미 숨이 끊어져 있었던 것이다.

그제야 여자 강시가 자신을 감싼 남자 강시의 달라진 무게를 느꼈는지 남자 강시를 본다.

"으으으으……."

남자 강시를 품에 안고 더듬더듬 남자 강시의 얼굴을 매만지는 여자 강시의 회색 동공에 물기가 맺힌다.

"끄어어어어……."

말은 되어 나오지 않았지만, 그 긁어 대는 듯한 목소리는 애끓는 비애였고 단장의 고통이었다.

끌어안은 남자 강시의 몸에서 시커먼 연기가 피어오르기 시작한 것은 그때였다.

죽음을 맞은 강시가 다 그렇듯 남자 강시도 녹고 있었다.

몸이 녹고, 녹은 몸이 연기로 변해 허공으로 흩어졌다. 그리고,

툭.

남겨진 것은 붉은빛의 내단뿐.

그렇게 텅 비어 버린 품을 망연히 보고 있던 강시가 말로 다 형언할 수조차 없을 만큼 비통한 괴성을 토한다.

"끼아아아아아악!"

하늘을 향해 토해 내는 괴성은 분명 울부짖음이었다.

그렇게 울부짖던 여자 강시가 제일 진의 표사들을 본다.

비록 회색 동공뿐이었지만 거기에서 뻗어 나는 증오와 원망은 세상 모든 것을 태워 버리기라도 할 듯이 뜨겁게 이글거리고 있었다.

하지만 그것을 바라보는 표사들의 마음에 들어차는 것은 공포도 섬뜩함도 아니었다.

치열한 슬픔이 심장을 아프도록 파고든다.

그때였다. 그런 분위기와는 동떨어진 모웅의 목소리가 표사들의 귀에 파고들었다.

"제일 진, 제이 진, 제삼 진, 제사 진! 광풍멸영진(狂風滅靈陣)!"

그렇게 외치는 모웅의 목소리는 차갑고도 단호했다.

그 차가움과 단호함이 표사들의 마음에 스멀스멀 피어오르던 동정과 연민을 부쉈다.

떨어져 내리던 칼을 다시 곧추세웠다.

마음에 남아 있는 어울리지 않는 망설임도 털어 냈다.

그리고 일제히 외쳤다.

"광풍멸영진!"

"광풍멸영진!"

이어진 것은 자연의 섭리에서 벗어난, 살아 있어서는 안 될 것에 대한 냉혹한 처단이었다.

여자 강시는 아무런 저항도 하지 않았다.

이미 저항할 수 있는 몸 상태도 아니었거니와 살인귀의 본능도, 살고자 하는 의지조차도 남아 있지 않았다.

그리해 여자 강시도 한 줌의 연기로 변해 허공중에 흩어졌다.

그렇게 강시 사냥이 끝났다.

강시의 합공이라는 예기치 못한 상황에서도 절체절명의 위기를 극복하고 무사히 강시 사냥을 마쳤건만 대단한 일을 해 낸 쟁천표국의 표사들도, 그리고 그 모든 광경을 지켜본 신표련의 표행단도 누구 하나 환호하고 기뻐 날뛰는 자가 없다.

한 번에 두 마리의 강시를 처리하는 그 역사적인 광경을 직접 목도했건만 두 남녀 강시가 남겨 두고 간 그 처절하고도 슬픈 잔상에 모두의 얼굴에는 숙연함마저 자리하고 있었다.

그건 루하와 설란도 마찬가지였다.

지금까지 그들에게 있어 강시는 그저 살아 있어서는 안 되는 괴물이었고, 살아 있는 자들을 해코지하는 절대 악(惡)이었다.

그런데 지금 이 순간만큼은 그런 생각이 들지 않았다.

분명 죽은 것은 강시인데, 표행단을 향해 보여 준 그 흉포한 본성도 여느 강시들과 다를 바가 없었는데, 대체 뭘까?

도무지 강시를 죽인 것 같지 않은 이 기분은?

이 찝찝함은?

'거참, 기분 한번 더럽네.'

第五章

꼬리 표행단

어쨌든 간에, 그 후로는 별다른 변수 없이 중경의 강시 토벌이 마무리되었다.

그로 인해 루하는 현천상단으로부터 약속했던 은자 백오십만 냥과 중경 사업의 지분을 받았다.

덕분에 이제 표국의 살림은 넘칠 정도로 넉넉해졌고 지속적인 수익의 발생으로 쟁천표국은 한층 더 강성해졌다.

하지만 그 같은 긍정적인 변화에도 루하의 표정은 밝지 못했다.

중경을 다녀온 후로 줄곧 그랬다.

그날 죽였던 남녀 강시의 마지막 모습이 이상하게 뇌리

에서 떠나지 않았기 때문이었다.

쏴아아아아—

비가 내렸다.

요 며칠 줄곧 개었다 흐렸다를 반복하더니 드디어 우기가 시작되려는 모양이었다.

바람도 없고 천둥도 없다.

그래도 빗줄기는 굵고 세차서 삽시간에 마른 대지를 흠뻑 적셨다.

“그거 참, 시원하게도 뿌려 대네.”

자신의 집무실에서 멍하니 비를 보고 있자니 마음을 누르고 있던 답답함마저 씻겨 나가는 것 같았다.

그렇게 한참 동안 내리는 비를 보고 있던 루하가 자리에서 일어섰다.

우비를 챙겨 들고 그가 향하는 곳은 닭수리들이 있는 닭장이었다. 문득 비를 가릴 천막을 쳐 주지 않았다는 것이 생각나서였다.

그런데 그렇게 닭장에 도착하고 보니 그보다 먼저 와서 닭장을 손보는 사람이 있었다.

“모 표두님?”

뜻밖에도 지난번 강시 사냥의 영웅이었던 모웅이었다.

"아, 국주님."

"모 표두님께서 여긴 왜?"

"아, 모르셨습니까? 요즘 제가 이 녀석들 밥 당번인데?"

"예?"

"저희 집이 옛날에 양계장을 했거든요. 제가 무과에 급제할 때까지 저희 부모님들이 그걸로 제 뒷바라지를 하셨죠. 그래서 이 녀석들 다루는 데는 저만 한 사람이 없습니다. 하하."

확실히 닭장을 손질하고 볏짚을 넣고 우기를 대비하는 손놀림이 진법을 지휘할 때만큼이나 능수능란했다.

그렇게 모웅이 닭장 손질하는 것을 지켜보던 루하가 닭장 손질이 끝날 때쯤 해서 물었다.

"근데 모 표두님, 과거에 군관이었다면서요? 그것도 꽤 높은 관직이었다던데요?"

루하의 질문에 모웅이 움찔하며 루하를 본다. 그러다 씁쓸한 미소를 입가에 머금는다.

"예. 과거에는 무장이 되어 백만 대군을 이끄는 게 꿈이었던 적이 있었습니다."

"근데 어쩌다 도적이 된 거예요?"

"상관을 죽였습니다."

"예? 왜요?"

"제 아내를 겁간했거든요. 그리고 제 아내는 그 일로 스스로 목숨을 끊었구요."

"……."

"한데 그 상관이 당시 황실의 실세였던 조정 대신의 막내아들이었습니다. 시시비비를 가리기도 전에 도망자 신세가 된 거죠. 그때 세상 어디에도 발 디딜 곳 없던 저를 아무것도 묻지 않고 거두어 주신 분이 총표두님이셨구요. 그분께는 목숨보다 더 큰 빚을 졌죠. 천하를 떨어 울리는 이 대단한 곳에서 그 유명한 삼절표랑과 이렇게 대화를 나눌 수 있게 된 것도 다 그분 덕분이니까요."

결코 별것 아닌 것도, 대수롭지 않은 것도 아니건만 지독하리만치 고통스러운 과거사를 읊어 대는데도 별다른 표정 변화가 없다.

지금만 그런 것이 아니다.

일 년이 넘도록 한솥밥을 먹으면서 어두운 그늘은 한 번도 보지 못했다.

그래서 그의 과거사가 루하에겐 너무나 의외였다.

새삼스러운 눈으로 모웅을 본다.

크게 모나지도, 크게 나서지도 않고 늘 장청의 옆을 지키던 모웅이다. 허물없이 장청을 대하면서도 그 안에는 흔들리지 않는 충심이 있어서 마음 통하는 충직한 수하를 둔 장청이 가끔은 부럽기도 했다.

문득 궁금했다.

모웅뿐만 아니라 천랑채의 식구들 모두가 하나같이 평범한 사연을 가진 자들이 없었다. 그런 자들을 거두고 그들로부터 흔들리지 않는 마음을 받고 있는 장청은 과연 어떤 사연을 가지고 있는 것일까?

그렇게 루하가 장청에 대해 생각하고 있을 때였다.

모웅이 물었다.

"한데…… 중경에서 돌아온 후로 국주님의 안색이 많이 안 좋아 보이시던데…… 무슨 걱정이라도 있습니까?"

모웅의 물음에 자신만의 생각에 빠져 있던 루하가 흠칫하며 현실로 돌아왔다.

"예 소저께 들었습니다. 지난 번 표행길에 쟁자수로 위장하고 따라들 오셨다구요. 혹시 그때 본 그 강시들 때문입니까?"

모웅이 자신의 마음을 정확히 꿰뚫자 잠시 모웅을 마주보던 루하가 쓴웃음을 지어 보였다.

"그게 참 이상하더라구요. 그래 봤자 강신데 말이에요. 왜 오히려 죄를 지은 것 같은 기분이 드는 건지……."

"아마도 그들이 보여 준 인간적인 모습이 그만큼 의외였기 때문일 겁니다. 의외의 것이란 눈으로 담은 것보다 더 깊이 각인되기 마련이니까요. 게다가 국주님만 그런 것도 아니구요. 표사들 중에도 아직 찝찝한 기분을 떨쳐 내지 못하고 있는 녀석들이 몇 있습니다."

"모 표두님은 어떻게 그렇게 냉정하게 대처할 수 있었어요?"

모웅이 그렇게 냉정하게 대처하지 않았다면 어쩌면 상당한 인명 피해가 발생했을지도 모른다.

"국주님의 말씀대로 그래 봤자 강시니까요. 그것이 기억의 잔상이든 감정의 파편이든 간에 그런 것이 남아 있다고 강시가 사람이 되는 것은 아니지 않습니까? 아니, 사람이라고 쳐도 달라질 것은 없죠. 어차피 죽이지 않으면 죽임을 당해야 하는 생사대적인 것은 변하지 않으니까요. 내 것을 훔치려는 도적에게 단지 사람이라는 이유로 자비를 베풀지는 않지 않습니까? 전장에서는 다른 갑옷을 입고 있다는 이유만으로도 주저 없이 서로를 죽이는데, 하물며 강시라면 단지 강시라는 것만으로도 죽여야 하는 충분한 이유가 되지 않겠습니까?"

위로를 위한 말이 아니었다.

정말로 그렇게 생각해서 하는 말이었다.

그런데도 모웅의 그 말이 적잖이 위로가 된다.

'그래, 맞아. 그래 봤자 강신데 뭐.'

신기하게도 그 별거 아닌 말에 그동안 가슴을 짓누르던 무거운 돌덩이 하나가 쑥 내려가는 느낌이었다.

양윤이 찾아온 것은 그때였다.

"의뢰가 들어왔습니다."

"의뢰요?"

"섬서 청운표국(靑雲鏢局)의 국주 임기철(任寄哲)이 의뢰서를 보내왔습니다."

순간 루하가 어리둥절한 표정을 했다.

중경에서 돌아오자마자 천하에 공표를 했다.

쟁천표국은 더 이상 표행 의뢰를 받지 않는다는 것과 직접 표행 의뢰를 받지는 않지만 원하는 곳에 표사를 지원해준다는 것이 그 내용의 골자였다.

그때부터 그야말로 모든 표행 의뢰가 뚝 끊겼다.

그도 그럴 것이 공표문에는 강시의 수당에 대해서도 적혀 있었기 때문이다.

강시 한 구당 삼십만 냥.

왕욱에게 말했던 것에서 조금의 더함도 덜함도 없이 적었다.

한 번 표행에 기껏 몇백 냥의 수익을 올리는 것이 여타 군소 표국들이었다. 일 년에 이천 냥만 남겨도 한 해 농사를 크게 성공했다 하는 것이 그런 표국들의 실태이니, 삼십만 냥이면 그들이 무려 백오십 년을 벌어야 하는 돈인 셈이다.

그러니 누가 감히 그 무지막지한 수당을 감내하면서까지 쟁천표국의 표사들을 빌리려 하겠는가.

그 바람에 그 많던 의뢰가 뚝 끊겼지만 루하는 크게 상관하지 않았다.

어차피 돈이 아쉬운 처지도 아니었고 표행에 나설 기분도 아니었다.

게다가 그동안 거의 하루도 쉬지 못하고 일만 했기에 아예 이참에 표사들에게도 휴식을 주고 자신도 푹 쉬자 싶었던 것인데, 이번에 조금 생뚱맞은 의뢰가 들어온 것이다.

"저기…… 섬서의 청운표국이란 데가 우리한테 의뢰를 해 올 정도로 자금 사정이 그렇게 넉넉한 곳이에요?"

"아닙니다. 아시겠지만 섬서에는 이성표국조차 없습니다."

"그러니까 말이에요. 청운표국도 결국 일성표국일 텐데, 뒷감당을 어떻게 하려고 우리한테 이런 의뢰를 해 와요?"

"거기에 대한 자세한 사정도 의뢰서에 적혀 있었습니다."

"뭔데요?"

"우선 이번 의뢰에 올라 있는 이름이 청운표국 하나가

아니라는 겁니다."

"하나가 아니라면요?"

"무림맹은 물론이고 신표련에서조차 외면당한, 섬서와 감숙의 예순두 개 표국 전부입니다."

"예? 그럼 그들도 신표련처럼 연합을 만들기라도 했단 말씀이세요?"

"그건 아닌 것 같습니다. 거창하게 연합을 만든 건 아니고 그냥 의뢰만 공동으로 진행하는 모양입니다. 위험을 십시일반 하자는 것이죠."

"위험을 나눠 가진다고 해도 한 곳당 책임져야 하는 액수가 거의 오천 냥이나 되는데……."

"그래서 십 년 상환 계획이 적혀 있더군요. 적정선의 이자도 그쪽에서 먼저 책정을 해 두었고요."

"하……."

루하가 조금 어이없다는 탄식을 터트렸다.

아니, 십 년 상환이야 상관없다. 돈이 급한 처지도 아니고 이자도 주겠다고 하니 언제가 되었든, 얼마가 걸리든 받기만 하면 그만이다.

하지만 고작 표행 한 번에 그렇게 큰 위험을 감수하면서까지 쟁천표국에 의뢰를 할 필요가 있었을까?

물론 그들의 사정이야 안다.

뒤를 생각할 수 없을 만큼 절박한 처지란 것도 안다.

그렇다고 해도 이건 성공 대비 너무 큰 위험부담이었다.

하지만 루하의 그 같은 의구심은 표행의 시작점인 섬서 합양에 도착했을 때 말끔히 사라졌다.

눈앞에 펼쳐져 있는 것은 고작 표행 한 번이라고 말할 수 있는 것이 아니었다.

표행단이 하나가 아니었다.

섬서성 각 표국의 표행단들이 시야가 닿지 않을 정도로 끝없이 줄지어 늘어서 있었다.

"아마도 경로가 비슷한 표물들을 죄다 가지고 나온 모양입니다."

양윤이 옆에서 그렇게 말했다.

평소라면 양윤이 표행에까지 따라오진 않았겠지만, 아무래도 상황이 이해가 안 되어서 이치에 밝은 그를 특별히 이번 표행에 동행시켰다.

양윤의 말에 루하가 그래도 이해가 안 된다는 듯 고개를 갸웃거렸다.

"아무리 그래도 그렇지, 경로가 비슷한 표물들이 이렇게나 많다는 게……."

더구나 의뢰조차 제대로 받지 못하는 이름 없는 표국들이 대부분인데 말이다.

"아마도…… 그간 우리에게 들어왔던 많은 의뢰들 중에 이번 표행 경로에 포함되어 있는 건들은 죄다 여기로 몰려든 걸 겁니다. 다들 우리가 지원한다는 걸 내세워서 의뢰를 따냈겠죠. 게다가 여기 있는 표국이 전부가 아닙니다. 저도 조금 전 청운표국의 임기철 국주에게 들은 것인데, 감숙으로 들어가면 거기서 합류할 표행단도 지금 여기 보이는 숫자만큼은 될 거라고 하더군요."

이제야 왜 이들이 삼십만 냥이라는 어마어마한 위험부담까지 감수했는지 알 것 같았다. 표국 한 곳에 떨어지는 수익을 삼백 냥씩만 잡아도 이번 표행에서 발생하는 총 수익이 무려 만 팔천 냥이다. 거기다 강시를 잡게 되면 그만큼 그들의 권역에 안전한 표행로가 하나 생겨나는 것이니 부가적인 이득도 된다.

물론 그렇다고 해도 삼십만 냥은 쉽게 감당할 수 있는 돈이 아니다.

그만큼 여기 모인 표국들의 사정이 절박한 것도 사실이다.

그들의 면면만 훑어보아도 그동안 얼마나 근심을 달고 살았는지, 이번 표행에 얼마나 큰 기대를 걸고 있는지 충분히 알 수 있었다.

마음이 좀 짠해 왔다.

남 사정에 그렇게 깊이 마음 쓰는 루하가 아닌데도, 세상의 거친 풍상에 지칠 대로 지쳐 있는 그들의 얼굴을 보고 있자니 이번 표행에서만큼은 강시가 나타나지 않았으면 좋겠다는 생각까지 하게 된다.

잠깐이지만 '강시를 때려잡게 되더라도 수당은 받지 말까?' 하는 생각도 했다.

하지만 안 될 일이다.

한 번 세운 규칙은 엄하게 지켜져야 다른 편법이 끼어들지 않는다.

조금이라도 여지를 주게 되면 현천상단이 그랬던 것처럼 또 누군가가 자신을 속이고 이용하려 들 것이다. 큰 힘에는 기생충들이 들러붙기 마련이니까 말이다.

아무튼 표행은 무사히 마쳤다.

다른 때의 표행과는 달리 강시가 있을 만한 곳은 철저히 피해 다닌 덕분에 다행히 강시와 대면하게 되는 일도 없었다.

그런데 그렇게 표행을 무사히 마치고 나자 뚝 끊겼던 의뢰가 속속 들어오기 시작했다. 속속 들어오는 의뢰도 섬서에서의 표행과 유사한 형태였다.

성 단위로 적게는 서른 곳, 많게는 일흔여덟 곳에서 공동으로 의뢰를 해 오는 경우도 있었다. 그리해 쟁천표국의 지원대가 가는 곳이면 늘 끝이 보이지 않는 대규모 행렬이 이어졌는데, 세상 사람들은 그것을 가리켜 뱀의 꼬리처럼 길게 늘어진다고 해서 '꼬리 표행단'이라는 별칭까지 붙일 정도였다.

그렇게 세상 사람들의 입에 오르내리는 만큼 의뢰도 많아졌다.

물론 예전과는 비교도 할 수 없을 정도였지만 어떨 때는 표행단을 두 개로 나눠야 할 때도 있었다. 그런 걸 생각하면 모웅의 존재가 참 든든했다.

강시가 반드시 한 마리만 나타난다는 보장이 없게 되어 버린 지금, 중경에서의 일을 생각하면 표사들을 둘로 나누는 것조차 영 마음이 놓이지 않는 상황, 그런 상황에서 아직 진법 운용이 어설픈 장청의 옆에 모웅 같은 든든한 보좌관이 있다는 것은 실로 다행한 일이 아닐 수 없었다.

만일 모웅의 존재가 없었다면 루하는 표사들을 나눠서 지원대를 운영하겠다는 애초의 계획을 아예 전면적으로 철회해 버렸을지도 몰랐다.

어쨌거나 그렇게 운영을 시작한 지원대는 때로는 동시에 출행을 하기도 하고 때로는 순번제로 번갈아 출행을 하기도 하면서 별 탈 없이 돌아갔고, 그렇게 만들어진 꼬리 표행단 덕분에 강시로 인해 침체일로를 걸었던 표행 시장도 참으로 오랜만에 반가운 활황을 누리고 있었다.

*　　*　　*

사락—

책장 넘어가는 소리가 조용한 방 안에 향기를 만들고,

사락—

빠르지도 느리지도 않게 책장을 넘기는 부드러운 손길에선 고고한 기품이 느껴진다.

놀랍다고 해야 할지 황당하다고 해야 할지, 그 고고한 기품이 담긴 손길의 주인은 생뚱맞게도 루하였다.

평생을 책이랑은 담을 쌓고 살아온 루하가 어쩐 일인지 사뭇 진지한 얼굴로 책을 읽고 있었다. 그 모습을 설란이 보았다면 천지가 개벽할 노릇이라며 놀려 댔겠지만, 루하는 그 나름대로 정말 꽤 큰 결심으로 시작한 공부였다.

그렇게 공부에 열중하며 책을 넘기다 보니 어느새 마지막 장이다.

책장을 덮었다.

책장을 덮자 '귀산자진법총론(鬼算子陣法總論)' 이란 제목이 적혀 있었다.

루하는 책을 덮고도 한참을 일곱 글자의 제목에서 눈을 떼지 않았다. 그러다 돌연 괴성을 토하며 머리를 쥐어뜯었다.

"으아아아아! 무슨 소린지 하나도 모르겠잖아!"

중경에서의 일을 겪고 보니 자신도 진법 공부는 좀 해 둬야 할 듯싶었다. 표사들을 둘로 나눌 때 장청은 모웅과 함께, 그는 설란과 함께 지원대를 꾸리는 만큼 기본적인 진법 공부는 되어 있어야 만일의 사태를 대비할 수 있다는 생각이었다.

그러한 생각을 설란에게 말했고 그리해 설란이 그에게 추천해 준 책이 바로 이 귀산자진법총론이다.

누구나 알 수 있게끔 주석이 쉽고 상세하게 잘 달려 있어서 초보가 진법의 원리를 배우기에 가장 무난한 책이라는 것이었다.

그런데 이건 뭐 검은 건 글이요 하얀 건 종이다.

그나마 뜻을 알 수 있겠는 건 제목뿐이다.

그 안의 내용을 펼치면 까막눈이 아닌데도 도대체가 무슨 말을 하는 건지 하나도 모르겠다.

"주석이 쉽고 상세하기는 개뿔! 누구나 알 수 있긴 뭘 알 수 있다는 거야? 하나도 모르겠구만! 지 기준에서 생각하지 말란 말이야!"

장청이 진법 공부를 하기 시작한 후로 왜 그토록 퀭한 눈이 되었는지, 그 괄괄하던 성격은 다 어디 가고 풀죽도 못 먹은 사람마냥 기운 없이 시들어 가던 모습이 어째서였는지 이제야 알 것 같았다.

"젠장! 환골탈태를 두 번이나 했는데 왜 머리는 그대로인 거냐고!"

그렇게 애꿎은 조화지기마저 탓하고는 눈앞의 귀산자진법총론을 아무렇게나 던져 버렸다.

그러고는 벌러덩 드러누웠다.

돌아가지 않는 머리를 억지로 썼더니 피곤하고 만사가 다 귀찮다.

한숨 잠이나 때릴 요량으로 그렇게 드러누웠는데, 세상이 참 그를 가만히 쉬게 내버려 두지를 않는다.

"국주님! 큰일 났습니다!"

양윤이 사색이 된 얼굴로 헐레벌떡 들이닥친 것이다.

쟁천표국의 총관이 된 후로 자신의 행동거지가 곧 표국의 위신이라는 사명으로 어지간한 일에는 절대로 흐트러진 모습을 보이지 않던 양윤이었다.

그런 양윤의 흐트러진 모습이 루하로서는 의아할 수밖에 없었다.

"무슨 일인데요? 무슨 일인데 그렇게 숨 넘어 가요?"

"그게…… 하남에서 진행 중이던 꼬리 표행단에 사고가 발생했다고 합니다."

"사고라뇨?"

"꼬리 표행단이 주마점(駐馬店)을 지나고 있을 때, 대별산의 군웅일왕채(群雄一王寨)가 급습을 했다고 합니다."

"예? 군웅일왕채가요?"

루하가 자신도 모르게 경악한 표정을 했다.

군웅일왕채라면 대별산의 패주이자 녹림도의 총본인 녹림십팔채의 한 곳이었다. 당연히 그 이름이 주는 공포는 여느 산채와는 차원이 달랐고 그 무력 또한 비교를 불허할 정도로 강했다.

"대체 왜요? 그동안 쥐 죽은 듯 있던 녹림십팔채가 왜 갑자기 꼬리 표행단을 덮쳐요? 아니, 그보다…… 우리 표사들은요? 우리 표사들은 어떻게 됐어요?"

"부상자가 꽤 있다는 전갈입니다. 총표두님도 다치셨다고 하고. 그래도 다행히 총표두님께서 잘 대처를 하셔서 표사들은 다 경상에 그치긴 했다는데, 그보다 더 큰 문제는……."

"……?"

"무기를 뺏겼다 합니다."

"무기를요?"

"예. 모두 여섯 자루를 잃었다더군요. 모 표두가 보내온 전갈로는 애초에 그들의 목적이 표물이 아니라 무기였던 것 같다고……."

하긴, 아무리 별 볼 일 없는 표국들이 모인 거라지만 삼류표사일 망정 거기에 동원되는 표사들만 해도 족히 기천이 넘었다. 거기다 한때 팔공산에서 도적질을 하던 천랑채 식구들 스물다섯이 있었고, 무엇보다 군웅일왕채의 채주 분광도(分光刀) 흑수신(黑秀藎)과 일장을 겨룰 수 있는 장청도 있었다.

아무리 군웅일왕채가 녹림십팔채의 하나라고 해도 꼬리 표행단을 상대로 표물을 노린다는 것은 지극히 무모한 일, 모웅의 전갈대로 처음부터 무기를 노리고 급습한 것이 틀림없었다. 급습으로 혼란한 틈을 타서 여섯 자루의 칼을 뺏어간 것이다.

"그래서 지금 다들 어디에 있다는데요?"

"부상자를 인근 의원에 맡겨 두고 표행을 다시 시작했다고 합니다. 그런 사건이 있었다고 해도 꼬리 표행단을 멈출 수는 없는 일이니까요."

"음……."

"어떻게 하시겠습니까?"

"일단 혹시 모르니까 여기 남아 있는 표사들을 서둘러

꼬리 표행단에 합류시키세요."

"국주님도 같이 가실 겁니까?"

"일단은 가서 표사들의 상태를 살피긴 하겠지만 꼬리 표행단에 합류하지는 않을 거예요. 전 따로 할 일이 있어요."

"따로 하실 일이라면?"

양윤이 의아해하며 묻자 루하의 눈빛이 사나워졌다.

"그 도적놈들이 감히 내 물건을 빼어갔는데 이대로 가만히 내버려 둘 수는 없잖아요!"

*　　*　　*

"그래서 어쩌게?"

설란이 떠날 채비를 하는 루하를 보며 물었다.

루하가 허리끈을 조여 매며 대답했다.

"일단 이번 일을 꾸민 게 군웅일왕채의 독자적인 행동인지 아니면 그 뒤에 녹림십팔채의 총단이 있는 건지 알아봐야지."

"그래서 직접 대별산에 가겠다고?"

"이건 의선가의 정보력으로도 알아낼 수 있는 게 아니잖아. 염탐을 하든 두드려 패서 실토를 하게 하든 직접 내 눈과 내 귀로 확인해 보는 수밖에. 그래서 군웅일왕채에서 독자적으로 벌인 일이면…….”

“독자적으로 벌인 일이면?”

“건드려서는 안 되는 사람을 건드렸다는 걸 아주 제대로 깨닫게 해 줘야지. 잃어버린 걸 다시 회수도 하고.”

“만일 녹림십팔채의 총단에서 지시한 거면?”

“그땐…… 고민 좀 해 봐야지.”

아무리 군웅일왕채가 녹림십팔채의 하나고 그 힘이 강하다고 해도, 지금의 루하에겐 전혀 두려운 대상이 아니었다. 하지만 녹림십팔채의 총단은 다르다.

팔만 녹림도의 정점이자 녹림십팔채의 머리.

비록 지금은 강시로 인해 그 세가 많이 위축되었다고 해도 마음먹기에 따라서 무림맹과도 자웅을 겨룰 수 있는 곳이 바로 녹림십팔채의 총단이었다.

아무리 세상 무서울 것 없는 루하라도 녹림십팔채 전부를 상대로 싸움을 걸 만큼 무모하진 않았다.

“그렇다고 해도 당한 만큼은 갚아 줘야겠지만…….”

예전에는 누가 한 대 때리면 그저 재수 없다 생각하고 참았다.

누가 시비를 걸면 더러워서 피했다.

그러는 편이 살기 편했으니까.

그렇게 하지 않으면 살아갈 수가 없었으니까.

하지만 지금은 그럴 수 없다.

그러기에는 이름값이 너무 커졌다.

짊어진 것들이 너무 많아졌다.

이제는 편하게만 살 수 없다는 것을 잘 안다.

이름과 짊어진 것들을 지키기 위해 때로는 위험도 감수해야 하고 때로는 목숨도 걸어야 한다. 그것이 지금 자신이 앉아 있는 자리였고 감당해야 하는 몫이었다.

물론 녹림십팔채의 총단이 관계된 일이 아니었으면 좋겠다.

군웅일왕채가 독자적으로 벌인 일이라면 '산채가 맺은 은원은 그 산채의 것이다' 라는 녹림의 율법에 따라 후환을 걱정하지 않아도 되니까.

그래서 확실히 알아보려는 것이다.

정확한 상황을 알아야 어느 선까지 빚을 받아 내야 할지 그 수위를 정할 수 있으니까 말이다.

그런 루하를 보며 설란이 슬며시 물었다.

"같이 갈까?"

루하가 고개를 저었다.

"아냐. 이번에는 혼자가 편해."

설란은 바로 수긍했다.

이번만큼은 루하의 말대로 혼자가 편한 길이다.

자신은 짐만 될 뿐이다.

어차피 걱정은 하지 않는다.

루하가 얼마나 강한지, 얼마나 단단한 몸을 가지고 있는지 누구보다도 잘 알고 있으니까.

"알았어. 안 따라갈게. 대신……."

"……?"

"빚은 확실하게 받아 와."

순간 흠칫하는 루하다.

의외의 말이었고 의외의 단호함이었다.

그러고 보니 그를 똑바로 올려다보는 설란의 눈에 찰나간 스쳐 가는 것은 분명 분노였다.

분노의 이유야 바로 알았다.

두 가지였다.

이제는 루하의 것과 자신의 것에 대한 경계가 사라졌다는 것이 그 하나였다.

루하가 빼앗긴 것, 루하가 입은 손해, 루하가 받은 도전…… 그 모든 불쾌한 것들을 원래부터 자신의 것이었던 것처럼 생생히 느끼고 있는 것이다.

그리고 그녀를 분노하게 하는 또 하나는 다친 표사들이었다.

지난 일 년간 그들에게 진법을 가르친 설란이다.

작은 실수가, 작은 미흡함이 생과 사를 가름할 수 있는 것이었기에 그 고단한 훈련은 땀과 고통으로 얼룩졌지만, 생사고락을 같이하는 동안 신뢰는 더 깊어지고 정은 더 끈끈해졌다.

이제 표사들은 그녀에게 있어 가족이었다.

가족들이 억울한 화를 당했는데 어찌 화가 나지 않겠는가.

그렇게 분노하고 있는 설란의 머리에 루하가 툭 자신의 손바닥을 얹었다.

그리고 히죽 웃어 보이며 말했다.

"걱정 마. 어차피 그렇게 하려고 했으니까. 알잖아? 나, 빚지고는 못 사는 성격인 거. 그것들 아주 그냥 다 뒈진 거지!"

第六章

재회(再會)

대별산(大別山).

안휘와 호북, 하남의 삼 성 접경지대에 위치한 대별산은 절기마다 다양한 경관을 자랑해서 사계절의 명산으로 불린다. 또한 장강과 회하의 분수령이며 동쪽으로는 남경, 서쪽으로는 무한을 내려다보고 있어 예로부터 군사 요충지로도 주목받는 곳이었다.

그 대별산에 백마첨이 있다.

한나라 명제 때 천축(天竺)의 고승이 희고 아름다운 백마에 불경을 싣고 왔다고 해서 지어진 이름으로 대별산에서 가장 높은 봉우리이다.

짙은 녹음과 기이한 바위가 운무 속에서 선경을 연출하고 있는 그 고즈넉하고 한적한 한여름의 백마첨을 시끌벅적 떠들어 대며 오르는 한 무리의 사내들이 있었다.

"큭큭큭큭. 쟁천표국 놈들, 소문만 대단했지 별것도 아니더구만."

"두령님 말씀대로 무기 빼면 시체인 놈들이었던 거지."

"맞아, 맞아. 실력은 개뿔도 없는 것들이 그동안 좋은 무기 하나 믿고 얼마나 잘난 척들을 해 댔냐 말이지. 그래도 팔공산에서 제법 이름 꽤나 날리던 놈들이라기에 한가락은 있겠거니 했더니만……."

"한가락은 무슨. 아까 못 봤어? 몽연탄(蒙煙彈)을 터트렸을 때 말이야. 아주 엉덩이에 불난 망아지마냥 별 육갑을 다 떨어 대더구만. 큭큭큭큭. 이럴 줄 알았으면 여섯 자루가 아니라 그놈들이 가지고 있는 무기란 무기는 죄다 털어 오는 건데 말이야."

"우리가 속전속결한 게 어디 그놈들 때문인가? 꼬리 표행단에 붙어 있는 표사들 쪽수가 워낙에 많아서 그런 거지. 아무리 허접들이라도 그 정도 쪽수가 떼로 덤비면 우리도 감당하기 힘들다고."

"하긴, 그 떼거리 틈에서 여섯 자루라도 챙긴 게 어디야.

나도 두령이 갑자기 꼬리 표행단을 친다고 했을 때는 일이 이렇게 술술 잘 풀릴 줄은 몰랐다니까."

"흐흐흐. 이런 게 바로 그릇의 차이라는 거지. 소인배들이 소문만 믿고 쟁천강림이니 탕마멸사니 떠들어 댈 때, 사실은 그놈들이 무기발 빼면 별것도 없는 놈들이란 걸 두령은 단번에 간파해 버렸으니까 말이야."

"암요, 암요. 무공이면 무공! 머리면 머리! 거기다 쟁천표국이고 삼절표랑이고 간에 상관 않고 일단 밀어붙이고 보는 행동력까지! 녹림십팔채가 아무나 되는 게 아니지!"

"어쨌거나 이젠 좀 발 뻗고 잘 수 있겠네. 지금 와서 하는 말이지만 난 진짜 매일 잠도 제대로 못 잤다니까. 천중산의 강시가 언제 갑자기 쳐들어올지 모르니까 말이야. 우리도 흑웅채 꼴 안 나리란 보장이 어디 있냔 말이지."

"어디 그뿐인가? 만년한철로 만들어진 무기를 여섯 자루나 가지고 있는 이상 녹림십팔채 내에서도 우리의 입지는 지금까지와는 완전히 달라질 거라고. 만검산채(萬劍山寨)니 혈천금강채(血天金剛寨)니, 지들이 녹림십팔채의 수장입네 떠들어 대지만 이제부턴 우리 앞에서 다 아가리 닥쳐야 한다, 이 말이지. 강시 때문에 가장 피해가 막심한 게 우리 녹림인데, 자칭 녹림십팔채를 영도한다는 자들이 한 일이 뭐냔 말이야. 그저 세상이 잠잠해질 때까지 설치지 말고 조용히 있으라는 말만 해 댔잖아. 그러다 세상이 안 잠잠해지면? 죄다 굶어 죽기라도 하라는 거냐고! 근데 그런 놈들에 비해 우리가 이룬 업적을 보라고. 감히 아무도 못 건드리고 있는 쟁천표국 놈들한테서 무기까지 뺏어왔잖아. 우리는 이제 이걸로 강시를 때려잡을 거야. 만검산채고 혈천금강채고 간에 녹림십팔채 중 아무도 하지 못한 일을 우리가 해낼 거란 말이야. 그럼 녹림십팔채의 영수는 이제 우리 군웅일왕채가 되는 게 당연하잖아!"

"이르다 뿐인가! 이제 녹림십팔채의 총표파자도 바뀔 때가 됐지! 아니, 총표파자뿐이 아니지. 죽은 환락불 대신 녹림칠패의 한 자리도 우리 두령 것이 되어야지. 총표파자도 녹림칠패도 이제 그 자리는 우리 두령, 분광도 흑수신의 것이어야 마땅한 것이니까!"

왁자지껄 떠들어 대던 군웅일왕채의 도적들이 그 순간 일제히 저 멀리 선두에서 앞서가는 한 사내를 자부심 가득한 눈으로 바라본다.

치렁치렁 산발한 머리에 당당한 체구, 여느 산적과 다를 바 없어 보이지만 걷는 걸음걸음마다 풍겨 나는 기도는 가히 패도적이라 할 만큼 거칠고 강하다.

그가 바로 군웅일왕채의 두령 분광도 흑수신이다.

지금 흑수신의 입가에는 흡족한 미소가 걸려 있었다.

하지만 그건 총표파자니 녹림칠패니 하며 떠들어 대고 있는 수하들의 설레발 때문이 아니었다.

지금 그의 손에 들린 칠흑처럼 검고 무거운 칼 때문이었다.

이번에 쟁천표국의 표사에게서 빼앗은 무기 중 하나였다.

'만년한철이 대단하긴 대단하군.'

손에 착 감기는 감촉하며 거기에서 느껴지는 신비로우면서도 어떤 강력한 기운하며, 정말이지 감탄을 금할 수가 없다.

단지 칼을 쥐고 있는 것만으로도 삼 할 정도의 힘은 거뜬히 더 낼 수 있을 것 같은 기분마저 들었다.

'이거라면…….'

분명 강시를 잡을 수 있다.

뿐만 아니라 수하들의 말대로 총표파자고 녹림칠패고 못될 것도 없다.

'흐흐. 그래, 이거라면 못 될 것도 없지!'

사실 꼬리 표행단이 근처를 지난다는 소식에 그동안의 답답함과 솟구치는 탐욕을 억누르지 못하고 즉흥적으로 강행한 일이었다. 하지만 그렇게 일을 벌이면서도 마음 한구석에 찝찝함은 남아 있었다.

삼절표랑 때문이다.

팔공산의 사왕 잔혹도마를 죽인 자였다.

흑수신 그도 잔혹도마를 직접 상대해 보진 않았지만, 잔혹도마와 더불어 팔공산을 사 등분 하고 있던 금강야차 담웅과는 딱 한 번 칼을 맞대 봤다.

나름 녹림십팔채의 한자리를 차지하고 있는 그가 어이없게도 서른 합을 채 버티지 못했다. 만일 그때 금강야차가 인정을 두지 않았더라면 지금 그는 이 자리에 있지도 못했을 것이다.

물론 녹림칠패의 하나인 금강야차에 비한다면야 같은 사왕이라도 잔혹도마는 한 수 아래로 친다. 하지만 그렇다고 해도 금강야차와 더불어 팔공산을 사 등분 했던 일인이니 분명 자신보다는 실력이 위에 있을 터였다.

삼절표랑은 그런 잔혹도마를 죽인 것이다.

아무리 세상 두려울 것 없이 살아온 그일지라도 마음이 꺼림칙하지 않다면 허세거나 거짓일 것이다.

그런데 이 칼을 들고 보니 꺼림칙했던 마음이 싹 가신다.

'이거라면 나라도 잔혹도마를 이길 수 있을 테니까.'

아니, 지금 기분 같아서는 금강야차와도 충분히 자웅을 겨룰 수 있을 것 같은 자신감이 생긴다.

'그래! 이것만 있으면 총표파자고 녹림칠패고 되지 못할

게 무어란 말인가!'

울컥 치솟는 호기에 칼을 들고 있던 손에 불끈 힘이 들어갔다. 그 순간, '크윽!' 달궈진 쇠꼬챙이로 푹 찌르는 듯한 통증이 느껴져 흑수신이 얼굴을 일그러뜨리며 옆구리를 움켜쥐었다.

옆구리를 움켜쥔 손에서 느껴지는 축축한 감촉.

피였다.

지혈해 둔 곳이 터진 것이었다.

순간 떠오르는 얼굴이 하나 있다.

'무적도 장청…….'

그 상처는 장청이 남긴 것이었다.

몽연탄을 터트려 쟁천표국 표사들의 시야를 가리고 그 틈에 급습을 했다.

당황해서 우왕좌왕하는 표사들을 몰아치던 그때, 분명 시야 확보가 불가능한 상황이었는데도 장청만은 단번에 그의 위치를 파악하고는 칼을 떨쳐 왔다.

그렇게 이어진 다섯 번의 공방 끝에 그의 분광도가 장청의 어깨에 꽂혔다. 하지만 그 직후였다. 승리를 확신한 바로 그 순간 지금 생각해도 아찔할 만큼 섬뜩한 빠름으로 장청의 칼이 그의 옆구리를 훑어 간 것이었다.

깊지는 않았지만 등허리가 서늘해질 만큼 놀랐다.

그리해 급하게 치고 빠진 것이었다. 만일 그때 장청의 칼이 그의 옆구리에 닿지 않았더라면, 지금 그들이 가진 무기는 고작 여섯 자루에 그치지 않았을 것이다.

무적도 장청.

이름은 들어봤다.

쟁천표국의 총표두라는 큰 이름을 얻기 전부터, 잔혹도마의 밑에서 천랑채를 이끌고 있을 때에도 녹림의 신진 고수로 일찌감치 이름을 날리던 자였다.

하지만 그래 봤자 신진일 뿐이었다.

군웅일왕채의 채주인 그의 뇌리에 담아 둘 만큼의 무게는 아니었다.

그런데 이번에 칼을 겨뤄 보니 그의 칼은 무적도라는 이름보다도 훨씬 더 크고 무거웠다.

'차라리…… 시간이 좀 지체되더라도 아예 끝장을 내 버렸어야 했나?'

싹을 미리 밟아 놓지 않은 것이 영 개운치가 않을 정도로 이제 장청의 존재감은 그의 뇌리에 깊게 각인되어 있었다.

하지만 그 또한 스치는 생각일 뿐이다.

'이 칼이 내게 있는데 무엇을 걱정할까!'

지금은 지난 것을 생각할 때가 아니었다.

앞으로의 일을 정해야 할 때였다.

'상처가 대강 아무는 대로 먼저 천중산의 강시부터 잡는다!'

입 안의 가시처럼 껄끄럽고 머리맡에 앉은 늑대처럼 불안한 천중산의 강시.

비록 녹림십팔채에는 들지 못했지만 흑웅채는 강한 산채였다. 특히 채주 구지귀왕 거평산은 무려 삼백 합을 겨루고도 승부를 내지 못했을 만큼 막강한 실력자였다.

그런 그들이 어느 날 일거에 몰살을 당했다.

누구도 보지 못했지만, 심지어 시체조차 남아 있지 않았지만 누구의 소행인지는 뻔한 일이었다.

강시였다.

강시가 흑웅채를 치우고 천중산을 차지한 것이었다.

그로 인해 흑수신은, 그리고 그의 군웅일왕채는 입 안의 가시보다 살벌하고 머리맡의 늑대보다 흉포한 적을 옆에 둬야 했던 것이다.

그러나 이제는 그것을 치워 버려야 할 때가 되었다.

그럴 수 있는 힘이 생겼다.

'녹림십팔채 최초의 강시 사냥은 바로 우리, 군웅일왕채가 해낼 것이다!'

*　　*　　*

"이게……."

루하가 장청을 보며 눈살을 찌푸렸다.

"이 상태로 표행을 계속하고 있는 거예요?"

장청의 부상 소식이야 들었다.

여기로 급히 달려오는 중에 부상을 입고 주마점에서 치료를 받고 있는 표사들도 만나 보았다.

다행히 그들의 상처는 듣던 대로 크게 깊지 않았다. 그래서 장청도 그 정도일 거라고 생각했는데, 막상 이렇게 그를 보고 나니 절로 눈살이 찌푸려질 정도로 심각했다.

아무리 서둘러 달려왔다고 해도 사건 보고를 받고부터 닷새가 지났는데, 여전히 장청의 얼굴은 핏기 한 점 없었고, 칭칭 동여맨 어깨에는 아직도 핏물이 흥건했다.

장청이 씁쓸히 웃으며 대답했다.

"어찌 되었든 표행은 마쳐야 하니까. 면목이 없군. 나한테 믿고 맡긴 꼬리 표행단인데 제대로 지키질 못해서."

그런 장청을 보니 울컥 목이 메기까지 한다.

"몽연탄까지 터트려 대면서 급습을 하는데 그걸 무슨 수로 막아요? 들어 보니까 이만큼이나 지켜 낸 것도 총표두님 덕분이라던데. 아무튼 곧 표사들도 당도할 거니까 표사들이 합류하면 총표두님은 일단 빠지세요."

"나는 괜찮다. 이깟 걸로……."

"그냥 닥치고 하라는 대로 해요! 지금 총표두님 상태가 어때 보이는지나 아세요? 이대로 표행을 강행하는 건 자살 행위라구요! 표사도 넉넉히 충원될 테고 거기다 모 표두님도 계시니까 총표두님 하나 빠진다고 이번 표행단이 어찌 되지는 않아요!"

루하의 말투가 거칠었다.

그건 장청에 대한 분노가 아니라 장청을 이렇게 만든 군웅일왕채에 대한 분노였다.

이야기로만 전해 들었을 때는 그래도 이 정도로 화가 나진 않았었다.

다친 표사들을 보았을 때도 참을 만했다.

그런데 장청의 부상이 이 정도로 심각할 줄을 몰랐다가 그의 그 창백한 얼굴을, 그렇게 창백한 얼굴을 하고서도 표행 걱정부터 하는 그를 보니 울분에 안타까움까지 더해져서 가슴속 뜨거운 불기둥이 머리끝까지 치밀어 오를 지경이었다.

정말이지 성질 같아서는 녹림십팔채 총단의 관여 여부를 알아보고 자시고 간에, 군웅일왕채의 도적들을 죄다 요절내 버리고 싶은 심정이었다.

"분명히 말하는데 총표두님은 여기 남으세요. 여기 남아서 몸부터 돌보세요. 이건 명령입니다!"

그래도 영 못 미더운지 모웅에게도 재삼재사 당부를 하고서야 발길을 뗐다.

그리해 루하가 향하는 곳은 군웅일왕채의 산채가 있는 대별산이었다.

'저기가 백마첨이란 말이지?'

루하가 저 멀리 가득한 운무를 뚫고 우뚝 솟은 봉우리로 시선을 던졌다.

저곳에 군웅일왕채의 산채가 있다.

장청을 만나고 나서 한달음에 달려왔다.

아직도 마음에는 화가 가득 남아 있었다.

마음 같아서는 바로 쳐들어가서 죄다 엎어 버리고 싶었다.

하지만 그러기에는 그들에 대해 아는 게 너무 없다.

팔공산을 넘고 잔혹도마를 꺾었지만 녹림십팔채는 그에게 또 다른 존재감으로 다가오고 있었다.

'게다가 총단이 이 일에 관련이 있는지도 알아보는 게 먼저고.'

그리해 염탐부터 할 생각으로 지금까지와는 달리 주위를 살피며 조심스럽게 걸음을 내디뎠다. 그런데 그렇게 몇 걸음 떼지도 않았을 때였다.

전방에서 갑작스럽게 요란한 인기척이 들린다 싶더니 곧이어 백마첨을 내려오고 있는 한 무리의 사내들이 나타났다.

무슨 대단한 전쟁이라도 치르러 가는지 다들 진지하면서도 살벌하고, 그러면서도 긴장감이 잔뜩 느껴지는 얼굴들을 하고 있었다.

순간, 루하는 그들이 누군지 바로 알아차렸다.

'군웅일왕채다!'

그도 그럴 것이, 선두에서 무리를 이끌고 있는 자들의 손에 낯익은 무기들이 들려 있었던 것이다.

금강한철.

저 독특한 색과 모양을 어찌 못 알아볼까.

일단의 무리가 군웅일왕채임을 알아본 루하의 시선이 이내 무리 중 단연 독보적인 존재감을 보이고 있는 사내에게로 향했다.

'분광도 흑수신…….'

굳이 확인할 필요가 없다.

사내가 보이는 그 압도적인 기도는 팔공산에서 만났던 잔혹도마에 버금갈 정도였다. 이곳에서 이만한 기도를 가진 사내가 분광도 흑수신 외에 누가 있겠는가.

흑수신을 보자 장청의 그 창백했던 얼굴이 뇌리를 스치

고 눌러 두었던 분노가 다시금 치밀어 오른다.

그런 와중에도 불쑥 일어나는 호기심.

'저런 얼굴들을 하고 어디를 가는 거야?'

분위기며 표정이며 아무래도 예사 도적질을 하러 가는 것 같진 않다.

일단 따라가 보기로 하고 조심스럽게 뒤를 쫓았다.

꽤 먼 길이었다.

대별산을 내려오고도 이틀을 더 걸었다.

그리해 닿은 곳은 천중산이었다.

그제야 그들이 무얼 하려는지 알았다.

천중산 하면 딱 떠오르는 것은 그곳에 똬리를 틀고 앉은 강시였다.

흑웅채를 몰살시켰다고 했다.

구지귀왕 거평산이 한 줌 혈수로 변했다고도 했다.

그것만으로도 다른 강시들에 비해 충분히 주목을 받을 만해서, 꼬리 표행단 일로 이번 하남길을 준비했던 루하도 당연히 들어 알고 있었다.

그러니 군웅일왕채가 천중산에 오르는 이유야 뻔했다.

'역시 강시 사냥을 나온 거로군.'

그걸 알고 보니 더 괘씸하다.

'남의 물건을 훔쳐다가 실컷 기분을 내시겠다?'

괘씸한 한편으로, 어디 한번 얼마나 잘 잡나 두고 보자는 오기도 생긴다.

쟁천표국이 처음 강시를 잡을 때 생각보다 힘들이지 않고 간단히 잡기는 했지만, 거기에는 오십 명의 표사와 오십 자루의 무기, 그리고 높은 수준의 진법이 있었다.

그에 반해 저들은 쪽수만 많았지 고작 금강한철 여섯 자루뿐이다. 거기다 아무리 녹림십팔채라 한들 그래 봤자 도적이다.

'저놈들이 어디 진법인들 제대로 익혔겠어?'

결코 쉽지 않은 사냥이 될 것이 분명했다.

아니, 단언하건대 강시가 포효를 터트리는 순간 저들은 자신들이 얼마나 어리석고 무모했는지를 뼈저리게 깨닫게 될 것이다.

뛰어난 진법으로 완벽히 상황을 통제하지 못하면, 그리해 자칫 한순간이라도 통제권을 잃게 되면 강시는 더욱 흉포해져서 날뛸 테니까. 미쳐서 날뛰는 강시를 고작 여섯 자루의 무기로 막아 낸다는 건 애당초 불가능한 일이니까 말이다.

'흥! 그땐 후회를 해도 늦지. 이거 이러다 손도 안 대고 코를 풀 수도 있겠는걸?'

직접 복수를 하는 것보다야 뒷맛이 덜 개운할 테지만 그래도 그 뒤에 총단이 관여했는지조차 모르는 상황에선 차라리 그 편이 더 깔끔할 것도 같았다.

하지만 그런 그의 예상은 천중산 중턱에서 생각보다 일찍 강시와 조우한 순간 완전히 빗나갔다.

"구절혼천항마진(九絕混天降魔陣)!"

"백변무형진(佰變無形陣)!"

"대천성연환사십구진(大天星鉛丸四十九陳)!"

'어디 진법인들 제대로 익혔겠어?' 했던 것이 무색하게도 백오십 명의 도적들이 마치 수십 년 손발을 맞춰 온 명문정파의 무인들처럼 일사불란하게, 그리고 끊임없이 유기적으로 변형시켜 가며 진법을 펼친다.

이제는 루하도 나름대로 진법이 뭔지 정도는 안다.

여전히 검은 것은 글이요, 하얀 것은 종이였지만 그래도 개념 정도는 잡고 있다 보니 지금 저들이 펼치는 진법이 결코 간단한 것이 아님을 한눈에도 알 수 있었다.

'도적들 주제에…….'

모름지기 도적이란 막무가내에 제멋대로인 데다가 오합지졸마냥 그렇게 무식해야 하는 것 아닌가 말이다.

'도대체가 도적들한테 저런 진법이 어울리기나 하는 거냐고!'

사실 조금은 얕보는 마음이 있었다.

녹림십팔채라 한들 그래 봤자 도적이라는 마음도 있었다.

잔혹도마를 죽인 후로 세상 모든 도적이 만만하게 보이기도 했다.

그래서 여기까지 쫓아오며 '수틀리면 그냥 깡그리 다 때려 부수지 뭐' 라며 안일한 생각을 하기도 했다.

하지만 착각이었다.

세상 물정 모르는 애송이의 오만이었다.

지금 저들은 왜 녹림도가 이토록 강성해졌는지, 왜 그동안 세상이 녹림도의 눈치만 살피고 있었는지, 그 이유를 여실히 보여 주고 있었다.

강했다.

저런 자들을 상대로 혼자서 덤비려 했다니, 참으로 터무니없고 무모한 생각이었다.

하물며 저들은 금강한철을 여섯 자루나 가지고 있었다.

그리고 금강한철은 어쩌면 자신의 단단한 몸도 벨 수 있을지 모르는 신물(神物)이었다.

그런 신물을 들고 자신을 상대로 저토록 뛰어난 진법을 펼친다 생각하니 등허리에서 식은땀이 배어 나올 정도로 섬뜩했다.

특히 그중에서도 흑수신의 무위는 단연 루하의 마음에 찬바람을 불러일으키고 있었다.

거대하게 펼쳐지는 철벽같은 방어진 속에서, 강시의 몸을 틈틈이 베어 내는 여섯 개의 날카로운 공격 중에서, 흑수신의 것은 끊임없이 강시를 위협하고 압박하며 휘몰아치고 있었다.

그런 흑수신을 보고 있자니 절로 마른침이 꿀꺽 삼켜지는 루하다.

군웅일왕채 전부는커녕 금강한철을 손에 쥔 흑수신 하나라도 과연 상대를 할 수 있을지 장담할 수 없다.

잔혹도마를 이긴 것도 단혼팔문도의 묘용 이전에 도검불침의 몸이 있었기에 가능했던 것인데, 지금 흑수신을 상대로는 그런 이점은 기대할 수 없는 상태이니 말이다.

'그러고 보면 저런 자들을 상대로 사망자 하나 없이 표행단을 지켜 낸 총표두님이 엄청 대단한 거였네.'

여섯 자루만 뺏긴 것도 표사들이 엄청 분전한 결과였다.

새삼 장청에 대한 신뢰와 표사들에 대한 고마움이 밀려든다.

그런 한편으로 여유롭던 마음에 바짝 긴장이 들어 본능적으로 몇 걸음을 뒤로 물러섰다. 혹시라도 들킬까, 더욱더 몸을 낮췄고 더욱더 기척을 숨겼다.

그사이 사냥은 막바지였다.

"멸천이십사진(滅天二十四陣)!"

진법도 마무리를 위한 공격진으로 바뀌었다.

회오리치듯 돌아가는 진법 속에서 여섯 개의 무기가 폭풍처럼 강시를 난자한다.

그리해 강시가 쓰러지고 한 줌 연기로 흩어졌을 때, 쟁천표국이 첫 사냥에 성공했을 때와 같이 뜨거운 함성과 들끓는 환호가 군웅일왕채 도적들의 입에서 터져 나왔다.

"잡았다! 우리가 강시를 잡았어! 와하하하하!"

"당연하지! 감히 미물 따위가 대군웅일왕채 영웅들의 상대가 될 리가 있나! 크하하하하!"

"으하하하하! 이제부터 천하 녹림은 우리 군웅일왕채의 발아래 엎드리게 될 것이야!"

그렇게 수하들이 흥분해서 날뛰고 있을 때 흑수신은 격해지는 감정에도 애써 냉정을 붙들고 있었다.

지금 그의 시선이 향하는 곳에는 강시가 남기고 간 붉은 내단이 있었다.

강시가 내단을 남긴다는 거야 들어 알고 있었다. 하지만 막상 이렇게 내단을 직접 보니 거기에서 뿜어나는 강하고도 신비로운 기운에 도무지 눈을 뗄 수가 없었다.

온몸의 신경이 곤두선다.

그러면서도 어떤 끌림에 저도 모르게 내단으로 다가가는 흑수신이다.

그런데, 어떤 흡인력에 무의식적으로 손을 뻗어 내단을 움켜쥐려 할 때였다. 그 순간 뒷목을 서늘하게 하는 섬뜩한 느낌에 흠칫 놀라며 급히 고개를 돌렸다.

그런 흑수신의 시야로 웬 여인 하나가 들어왔다.

"……!"

두 가지에 놀랐다.

그 여인이 그저 보는 것만으로도 숨이 턱 막힐 정도로 아름답다는 것.

그리고 그 아름다움이 무색할 만큼 소름 끼치도록 차가운 한기가 에일 듯 살갗을 파고든다는 것.

'강시가…… 또 있었나?'

조금 전의 강시와는 사뭇 다른 기운이었고 진득한 살기도 훨씬 더 선명했지만 분명 그것은 강시였다.

그들의 앞에 두 번째 강시가 나타난 것이다.

두 번째 강시의 출현에 놀라고 있는 것은 비단 흑수신만이 아니었다.

루하도 마찬가지였다.

하지만 그것은 흑수신의 것과는 조금 다른 놀람이었다.

낯이 익다.

아니, 아는 얼굴이다.

어찌 잊을까?

용골에서의 그 지독했던 공포를.

그로 인해 일어난 기연과 두 번째 환골탈태를.

그랬다. 지금 그의 눈앞에 보이는 강시는 팔공산에서 혼란 중에 잃어버렸던, 소수혈마공을 익힌 바로 그 여자 강시였던 것이다.

第七章

나…… 얼마나 강해진 거야?

연화는 잠들어 있었다.

팔공산에서 걷고 걸어 이곳에 도착한 후, 흑곰처럼 생긴 사내와 그 수하들을 죽이고 어째서인지 쏟아지는 잠을 이기지 못하고 그렇게 잠이 들었다.

그로부터 몇 번의 계절이 바뀌었다.

그사이 어떤 동질감이 느껴지는 강한 존재가 근처에 나타났다는 것을 느꼈지만 깊고 짙은 나른함에 그마저도 무시해 버렸다.

그렇게 오늘도 깊은 잠에 빠져 있었는데, 갑자기 눈이 번쩍 떠졌다.

가슴에 일어나는 진한 떨림과 치열하도록 휘몰아치는 갑작스러운 감정의 요동에, 그게 무언지도 모른 채 그저 본능이 이끄는 대로 이곳으로 달려왔다.

그리고 보았다.

백여 명의 도적들 뒤로 저 멀리 몸을 숨기고 있는 어떤 사내를.

그 사내를 본 순간 심장이 쿵 하며 내려앉고 어떤 아찔함이 머릿속을 휘젓는다. 하지만 그녀는 그 이유를 생각할 겨를이 없었다.

"강시다! 강시가 한 마리 더 나타났다!"

도적들 중 하나가 그녀를 보며 그렇게 외쳤고,

"십로철쇄진(十路鐵鎖陳)!"

흑수신이 그 즉시 진법을 발동시킨 것이다.

백오십 군웅일왕채의 움직임은 첫 번째 강시를 상대할 때와는 또 달랐다.

경험이 늘고 자신감이 붙자 기세를 한껏 더 올렸다. 그만큼 진법도 한층 더 강력해졌다.

그런데 금강한철의 무기를 든 여섯을 제외하고 오직 방어를 위해 겹겹이 방어진을 치는 그 속으로 연화가 손을 내뻗는 순간,

"커헉!"

조금 전의 강시를 상대할 때는 그토록 단단했던 철벽의 한 축이 너무도 간단히 허물어져 버렸다.

"뭐, 뭐야!"

한껏 기세 좋게 연화를 에워싸던 군웅일왕채는 삽시간에 혼란과 당황으로 물든다. 하지만 흑수신만큼은 냉정했다.

"대전륜만상풍운진(大轉輪萬像風雲陣)!"

흑수신의 입에서 새로운 진법의 이름이 터져 나오자 잠시 당황했던 수하들도 금세 정신을 차리고 진을 변형시켰다.

어지럽게 연환하며 정신없이 연화를 휘몰아친다.

그 사나운 기세에 연화가 움찔하는 사이, 돌연 전후좌우 그리고 상하 여섯 방위에서 여섯 개의 무기가 동시에 연화를 덮쳤다.

"뒈져랏!"

하지만 연화의 손이 더욱 투명하게 변한다 싶은 순간, 그 손은 가히 보이지도 않는 빠름으로 덮쳐드는 여섯 개의 무기를 막았다.

아니, 두 개를 놓쳤다.

그리고 그중 하나가 하필이면 흑수신의 것이었다.

'됐다!'

흑수신의 입가에 회심의 미소가 걸렸다.

이어서 그의 분광도가 여지없이 연화의 어깨를 찍었다.

그런데 뒤이어 느껴진 것은 첫 번째 강시를 벨 때의 소리도, 감촉도 아니었다.

까아앙—

"크윽!"

귀를 찢는 듯한 쇳소리와 손목을 저릿하게 만드는 반발력이었다.

그의 것뿐만이 아니다.

까아앙—

강시의 옆구리를 향했던 다른 하나도 날카로운 금속음을 남긴 채 무기력하게 튕겨 오르고 있었다.

'이 무슨…….'

대체 왜 이 강시에게는 금강한철의 무기가 전혀 박히지 않는 것일까?

흑수신의 얼굴이 당혹감으로 물들고, 그런 그의 시야로 연화의 투명한 손이 자신의 심장을 파고드는 것이 보였다.

마치 시간이 더디게 흐르기라도 하는 듯이 너무도 선명히 시야에 잡히는데도, 그 순간 그는 아무것도 할 수 없었다.

그저 멍하니 보고만 있었다.

심장에 박히는 투명한 손을.

그리고 그 주변으로 자신의 살점도 같이 투명해져 가는 것을.

고통은 없었다.

그저 공포만 있었다.

그 공포가 점점 번져가 그의 모든 것을 집어삼켰을 때 의식도, 몸도, 심지어 분광도 흑수신이란 존재마저도 사라졌다.

남은 것은,

촤아아아아—

그저 찬란하게 뿌려지는 피 분수뿐.

그렇게 분광도 흑수신이 죽었다.

그리고 그곳은 군웅일왕채의 도적들에겐 끔찍한 지옥으로 바뀌었다.

살아 있는 모든 것들이 지워진다.

때로는 처참히, 때로는 무심히 죽음을 만들어 낸다.

루하는 얼이 빠져 있었다.

강했다.

강해도 너무 강했다.

지금껏 만났던 그 어떤 강시보다도.

아니, 아예 비교를 불허할 만큼.

아니, 그것은 아예 다른 존재처럼 느껴졌다.

그러고 보니 지금껏 만났던 강시와 명확히 다른 점이 하나 있었다.

'눈동자가…… 있다!'

지금껏 접했던 강시는 하나같이 회색 동공이었다. 그런데 지금 눈앞의 여자 강시는 만일 강시 특유의 음산함이 아니었다면, 정말 강시가 맞는지조차 헷갈려 했을지도 모를 만큼 흑백이 선명한 눈동자를 가지고 있었다.

그때였다.

끝이 날 것 같지 않던 살육을 비로소 멈춘 강시가 그 흑백 선명한 눈으로 루하를 본다.

그제야 루하의 시야에 주변 경관이 들어왔다.

어느새 거기에는 살아 있는 자가 단 한 명도 없었다. 시체조차 남아 있지 않았다. 오직 진득한 핏물만 바닥을 흥건히 적시고 있었다.

군웅일왕채 백오십 도적이 모조리 죽임을 당한 것이다.

그것을 인식한 루하의 가슴에 치 떨리는 공포가 밀려들고 그 공포가 심장을 아프도록 옥죘다.

숨이 막힐 것 같았다.

그 많은 죽음을 만들어 내고도 피 한 점 묻지 않은, 눈이 부시도록 투명하고 맑은 손이 당장이라도 자신을 덮쳐들 것만 같은 공포감에 모골이 송연하다 못해 두 다리마저 부들부들 떨릴 지경이었다.

그런 존재감이다.

천하의 삼절표랑이, 이제 강시라면 어린아이 다루듯 할 수 있을 만큼 익숙하고 능숙한 그가, 그저 이렇게 마주하고 있는 것만으로도 오금이 저리고 심장이 널뛴다.

심지어 도망갈 생각조차 할 수 없다.

몸을 돌리는 순간 강시의 손이 자신의 뒷덜미를 푹 꿰뚫어 버릴 것만 같다.

그렇게 이러지도 저러지도 못한 채 그저 기계적으로 고개를 돌려 강시를 보는데, 강시의 눈빛이 이상했다.

군웅일왕채의 도적들을 볼 때는 한 점 감정도 없던 눈이 그를 향하는 지금은 더할 수 없이 복잡한 감정들로 얽혀 있었다.

그랬다.

지금 연화는 불쑥불쑥 솟구치는 낯선 감정에 혼란스러워하고 있었다.

저자였다.

진한 떨림으로 자신을 깨운 것도.

치열한 걱정으로 이곳으로 달려오게 만든 것도.

그리고…… 처음 눈을 뜬 이후로 줄곧 뇌리를 떠돌던, 오색의 신비로운 빛에 가려져 흐릿하기만 했던 사내도.

그래, 바로 저자였다.

그런데…… 그토록 궁금해했던 사내인데 정작 이렇게 마

주하고 보니 마음에 이는 것은 반가움도 호기심도 아닌, 본능적인 거부감이었다.

마치 절대로 만나지 말아야 할 존재를 만난 것만 같은 느낌이었다.

절대로 가까이해서는 안 될 것만 같은 기분이었다.

저자로 인해 모든 것이 다 엉망이 되어 버릴 것만 같은 불길함이라니?

두려움이라니?

그럼에도 이 가슴 떨리는 그리움은 또 뭐란 말인가?

지독한 모순에 혼란은 첩첩이 가중되어 그녀의 마음을 마구 헝클어 놓는다.

주춤 걸음을 뒤로 물렸다.

마음은 한정 없이 사내를 향하는데, 발은 뒷걸음질을 친다.

그 눈은 가득한 미련으로 사내를 쫓는데, 그녀의 몸은 끝내 사내로부터 등을 돌린다.

그리해…… 달렸다.

그 순간만큼은 그저 이 자리를 벗어나야 한다는 생각뿐이었다.

본능이 울려 대는 위험 신호에 그렇게 정신없이 내달렸다.

몇 개의 계곡을 건넜고 몇 개의 봉우리를 넘었다. 그제야 달리는 것을 멈춘 연화가 사내가 있던, 이젠 까마득히 멀어져 보이지도 않게 된 그곳으로 하염없이 시선을 던졌다.

가까이 있을 때는 그렇게도 도망치고 싶었는데 또 막상 이렇게 멀어지고 나니 시리도록 아픈 그리움이 밀려들어 가슴을 먹먹히 적신다.

'대체…….'

그는 누구일까?

자신에게 어떤 존재일까?

어떤 존재이기에 자신을 이토록이나 혼란스럽게 만드는 것일까?

* * *

연화가 떠난 직후, 루하는 다리에 힘이 풀려 그 자리에 털푸덕 주저앉았다.

그동안 숨 쉬는 것조차 잊고 있었는지,

"푸하……!"

거친 숨을 토하며 헐떡거린다.

그저 살았다는 안도감만으로도 온몸의 맥이란 맥은 죄다 풀려 버리는 듯한 느낌이었다. 어찌나 긴장을 죄었는지 속이 다 메슥거릴 지경이었다.

그렇게 가쁜 숨을 다 토해 내고 나서야 겨우 마음이 진정되고 머릿속이 정리된다.

"대체 그건 뭐였던 거야?"

정말 강시긴 했던 것일까?

지금까지의 강시와는 차원을 달리하는 강함도, 흑백이 선명했던 눈동자도, 자신을 보며 흔들리던 그 눈빛도…….

"그래. 그 눈빛! 대체 왜 그런 눈으로 날 본 거야? 게다가 도망을 가고 싶은 건 오히려 나였는데 왜 지가 먼저 내뺀 거고?"

덕분에 목숨 줄 건지긴 했지만, 아직도 도무지 뭐가 어떻게 된 영문인지 알 수가 없다.

그러다 불현듯 스치는 생각.

"그거 혹시…… 귀소본능 아냐?"

복잡하게 얽히던 감정들 속에 착각이었나 싶게 스쳐 가던 낯익은 하나가 있었다.

그건 닭수리들이, 그리고 예천향이 그에게 보내던 눈빛과 분명 동질의 것이었다.

"그래. 전에 용골에서 관 뚜껑을 열었을 때 조화지기가 빨려 들어가기도 했고."

환골탈태가 아니어도, 그저 조화지기가 빨려 들어간 것

만으로도 귀소본능이 작용하는 것일까?

"아니지. 귀소본능이 작용한 거면 오히려 들러붙어야 정상 아냐? 먼저 그렇게 내뺄 리가 없잖아?"

무엇 하나 명확한 게 없다.

생각하면 머리만 아프다.

지금 당장은 머리를 더 굴려 봐야 자신이 가진 지식으로는 더 이상 나올 것이 없다고 판단한 루하는, 그 의문들을 일단 설란에게 가져가기로 하고 거기에 대한 생각들은 지웠다.

그사이 빠져나갔던 맥이 서서히 돌아오고 후들거리던 몸도 진정이 되었다. 그제야 겨우 주위의 다른 것들이 눈에 들어온다.

"……."

이 고요함이라니.

이 적막함이라니.

바닥에 흥건한 핏물만 아니라면 조금 전의 그 끔찍한 학살이 거짓말처럼 느껴질 정도였다.

군웅일왕채 백오십 도적이 여기에 있긴 있었던 건가?

그 드세고 혈기 넘치던 자들이 과연 존재하긴 했던 걸까?

마치 모든 것이 하룻밤의 꿈처럼 몽롱하고 현실감각이 없다.

하지만 그들은 분명 여기에 있었다.

그것을 증명하는 것은 비단 흥건한 핏물만이 아니었다.

흥건한 핏물 속에 군데군데 아무렇게나 묻혀 있는 여섯 자루의 무기.

"이거, 여자 강시한테 고마워해야 하나? 덕분에 군웅일왕채는 군웅일왕채대로 처리가 됐고 무기는 무기대로 힘들이지 않고 다시 회수를 했으니……."

루하는 허리끈을 풀어 여섯 자루의 무기를 묶은 후 어깨에 짊어졌다.

한시라도 빨리 이 끔찍한 곳을 떠나고 싶어 급히 걸음을 옮기려는데, 그런 그의 시야에 낯익은 물건이 하나 더 잡혔다.

"아차차. 내단도 챙겨 가야지."

군웅일왕채가 잡은 강시의 내단이 처음 그 자리에 그대로 있었다.

딱히 보관할 만한 옥함을 가져온 것이 아니라 그냥 손으로 주워 들었다.

손에 닿는 차가운 감촉은 전과 다를 바가 없다.

가슴 밑바닥에서 스멀거리며 올라오는 충동도 익숙하다.

그런데, 익숙한 것임에도 마음에 이는 동요는 오히려 그 전보다 더 거세다.

먹고 싶다.

설란은 그 충동이 강해지고 싶어 하는 본능이라고 했다.

그렇다면 확실히 이전보다 충동이 클 수밖에 없다.

죽음의 공포와 맞닥뜨리고 난 직후다.

압도적일 만큼 강한 존재를 만났다.

지금의 그로서는 도저히 어찌할 수 없는 존재가 주는 공포가 생존에 대한 본능을 자극하고, 그 자극된 본능이 강해지고 싶은 열망을 부추긴다.

다시는 그런 공포와 맞닥뜨리고 싶지 않았다.

하지만 여자 강시의 괴이쩍었던 눈빛을 떠올릴라치면 왠지 다시 만나게 될 것만 같은 불길한 예감을 지울 수가 없다.

'그냥 확 먹어 버릴까?'

이것만 먹으면, 그래서 지금보다 강해진다면 여자 강시와 다시 만나더라도 아까와 같은 공포는 없지 않을까?

그러나 아직도 설란의 말이 생생했다.

'조화지기와 내단이 만나면 두 기운이 제대로 섞이기도 전에 네 몸이 먼저 산산조각 날 수도 있어.'

새삼 내단이 지기를 흡수하던 장면도 떠오른다.

애초에 그런 위험을 감수하면서까지 강해지고 싶지는 않았다.

그런 성격도 아니다.

그런데도 선뜻 유혹을 떨쳐 버릴 수가 없다.

내면에 이는 그 어찌할 수 없는 갈등에 루하가 저도 모르게 내단을 불끈 쥐었다.

그런데 그 순간이었다.

'어?'

갑자기 단전의 조화지기가 불길이 일듯 화악 올라오더니 어깨에서 팔로, 팔에서 손으로 거침없이 타고 가 단숨에 손에 든 내단을 감싼다.

비록 무형의 기운이었지만, 루하의 눈에는 조화지기가 마치 수천수만 가닥의 실로 변해서 누에고치를 만들 듯이 그렇게 내단을 꽁꽁 에워싸는 것처럼 보였다. 그리고 틈새 하나 없이 촘촘하게 다 에워쌌을 때 조화지기는 다시 원래 있던 단전으로 돌아갔다.

아니, 조화지기만이 아니었다.

조화지기가 사라졌을 때 손에 들고 있던 내단마저 같이 사라졌다.

"뭐, 뭐야?"

조화지기가 데려간 것이 분명했다.

찰나 간이었지만 누에고치처럼 변한 내단이 조화지기와 함께 자신의 손으로 빨려 들어가는 것을 분명히 보았다.

하지만 그러고는 사라졌다.

조화지기는 단전에 그대로 있는데 내단만은 어디로 갔는지 종적을 찾을 수가 없다.

'수십 갑자의 내공이 깃들어 있다며? 내 몸이 산산조각 날지도 모른다며? 근데 왜 이래?'

산산조각은커녕 이건 마치 대해에 눈물 한 방울 떨어뜨린 것처럼 아무런 존재감이 없지 않은가?

"게다가…… 별로 달라진 것도 없는 것 같고."

지금 상태에서 일 갑자의 내공만 보태어져도 그동안 쓰지 못했던 단전의 그 폭발적인 조화지기를 사용할 수 있을 거라고 했다. 또 강시의 내단에는 많게는 수십 갑자의 내공이 깃들어 있을 거라고도 했다.

"근데 왜 이 모양인 건데?"

아쉽다고 할지, 허탈하다고 할지.

그래도 못내 미련을 버리지 못하고 짊어졌던 무기들을 내려놓았다.

그리고 자신의 검을 뽑아 들었다.

호흡을 가다듬고 단전의 내공을 끌어 올렸다.

그러자 조화지기가 당장이라도 폭발할 듯이 들끓는다.

여기까지는 똑같았다.

여기서 힘껏 검을 떨치면 성난 사자 같은 조화지기는 얌전한 고양이가 되어 사람 감질나게 만드는 게 지겹도록 반복되었던 지금까지의 수순이었다.

과연 이번엔 달라질까?

전혀 기대가 안 된다.

이 순간에도 강시의 내단은 손안으로 스며들던 것이 착각이었나 싶을 만큼 티끌만 한 기척도 느껴지지 않는다.

그래서 아무 기대 없이, 안 되면 말고 식으로 검을 내뻗었다.

그런데,

"어라?"

단전에서 성난 사자처럼 날뛰고 있는 조화지기가, 곧 얌전한 고양이가 되어 사람 속을 뒤집어 놓을 그 조화지기가, 지금까지와는 달리 성난 사자의 모습 그대로 거침없이 단전을 타고 올라간다. 그리고 그것이 처음으로 검에 이르렀을 때,

콰콰콰콰콰콰콰콰—

검에서 벼락이 쳤다.

그랬다.

그건 분명 벼락이었다.

단지 소리만이 아니었다.

루하는 눈앞에 펼쳐진 광경에 그야말로 입을 쩌억 벌렸다.

"뭐, 뭐, 뭐야, 이게?"

산이 사라졌다.

조화지기가 뻗어 나간 그 길이 뻥 뚫리며 수백 장 밖까지 거대한 길을 만들어 놓은 것이었다.

실로 보고도 믿지 못할 광경.

자신이 만든 것인데도 보고 있자니 온몸에 소름이 돋고 머리털이 죄다 곤두선다.

"이게…… 진짜 내가 한 거라고?"

멍한 표정으로 뻥 뚫린 산과 자신의 검을 번갈아 본다.

"나…… 얼마나 강해진 거야?"

*　　*　　*

천중산에서 전해진 소문 하나에 세상이 술렁였다.

거기에는 이번에도 삼절표랑이 끼어 있었다.

첫 시작은 흑수신의 군웅일왕채가 꼬리 표행단을 급습해 무기를 강탈한 것에서부터였다.

그렇게 강탈한 무기로 천중산으로 강시 사냥을 나섰고 그곳에서 오히려 몰살을 당했다는 것이었다.

처음에는 당연히 강시의 짓이라고 생각했다. 강시를 잡으러 갔다가 도리어 강시에게 당한 것이라 그렇게 소문이

났다. 하지만 강시조차 천중산에서 사라졌다는 것이 알려지면서 소문이 바뀌었다.

군웅일왕채를 죽인 것이 강시가 아니라 삼절표랑이라는 소문이었다.

삼절표랑이 군웅일왕채에 피의 복수를 하고, 무기를 되찾아간 것은 물론이고 강시마저 처리했다는 것이다.

그것도 단신으로.

실제로 천중산 근처에서 삼절표랑을 보았다는 자들도 있어 그 말에 신빙성을 더했다.

신앙에 가까운 무조건적인 믿음으로 삼절표랑의 업적에 환호하는 사람들도 있었지만, 녹림십팔채의 하나인 군웅일왕채 백오십 고수에다가 강시까지, 아무리 삼절표랑이 대단하다고 해도 사람인데 그게 어디 말이나 될 법한 소리냐며 불신을 터트리는 자도 있었다.

하지만 현장을 살피고 온 자들의 말이 속속 전해지면서 불신은 설마로, 설마는 이내 경외로 바뀌었다.

삼절표랑이 산을 부쉈다는 것이었다.

천중산 칠현봉이 아예 절반이 날아가 버렸다는 실로 믿기 힘든 말들이, 그럼에도 증거가 실재하기에 믿을 수밖에 없는 사실이 세상에 퍼져 나간 것이다.

정도십이천인들, 녹림칠패인들, 세상을 지옥도로 만든

강시라 한들, 삼절표랑 외에 세상천지 어느 누가 그런 일이 가능하겠는가!

정말로 일수에 산을 날려 버린 것이 삼절표랑이라면 군웅일왕채고 강시고 뭐가 대수였겠는가 말이다.

"삼절표랑은 이미 사람이 아닌 게야. 사람의 허울마저 벗고 진짜 무신이 되어 버린 게야."

그렇게 루하의 이름은 한층 더 높아졌다.

이젠 그의 이름 앞에 공공연히 '천하제일' 네 글자를 붙이는 자들도 있었다.

그 같은 뜨거운 분위기에 예전 같았으면 한껏 귀를 쫑긋 세우고 즐겼을 루하였지만 이번엔 달랐다.

지금 그에게 가장 중요한 관심사는 한층 더 높아진 세상의 찬사가 아니라 달라진 자신의 몸이었다.

"어때?"

"확실히 내공이 늘었어. 내단이 흡수된 건 분명해."

"그래?"

"그치만…… 다 흡수된 건 아냐. 단전의 내공으로 보면 흡수된 건 이 갑자 정도야."

"겨우?"

루하가 실망과 의아함을 동시에 드러낸다.

"내공이 한 번에 이 갑자가 늘었는데 그게 어떻게 겨우니?"

"그래도…… 소문 못 들었어? 산이 날아갔다니까? 진짜로 칠현봉 절반이 훌렁 사라져 버렸다고. 고작 이 갑자로 그런 일이 가능할 리가 없잖아?"

"이 갑자가 고작도 아닐뿐더러, 너한테 내공은 어차피 조화지기를 끌어다 쓰기 위한 보조 장치일 뿐이야. 당연히 이 갑자의 내공으로 산을 날릴 수는 없지. 하지만 이 갑자로 끌어낼 수 있는 조화지기라면 이야기는 달라져. 고작 이십 년 내공으로 그 강한 검기를 발출하고, 심지어 팔공산에서는 내가기공의 고수인 대력귀도 이여립을 한 방에 날려 버렸어. 이십 년의 내공으로도 그 정도인데 이 갑자라면 산이라고 못 부술 것도 없지."

"그럼 나머지는 어디 갔는데? 적게는 육, 칠 갑자에서 많게는 수십 갑자는 된다며?"

"나도 몰라. 안 잡혀. 어쩌면…… 조화지기가 숨긴 걸지도."

"뭐?"

"전에도 말했지만 강시의 내단은 위험한 물건이야. 사람의 몸으로 감당하기에는 지나치게 강한 힘이 깃들어 있어. 네 강해지고 싶다는 욕망이 너무 강렬해서 그 순간 조화지기가 반응해 그것을 흡수하긴 했지만, 그런 중에도 내단이 가진 위험성을 감지하고 네가 함부로 끌어다 쓰지 못하도록 너한테서 그걸 아예 숨겨 버린 것 같아. 그리고 네가 지금 감당할 수 있을 만큼만, 네 몸의 조화를 깨트리지 않는 선에서 그 힘을 해방한 거지. 그게 이 갑자인 거고."

"……."

"내단을 흡수할 때 수천수만 가닥의 조화지기가 고치처럼 내단을 감쌌다고 했지? 그것부터가 내단으로부터 널 지키기 위한 것이라고 봐야 해. 고치가 포식자로부터 자신을 보호하기 위해 스스로 껍질을 씌우는 것처럼, 조화지기도 널 보호하기 위해 내단에 막을 씌운 거지. 아니면 조화지기가 자기 스스로를 보호한 것일 수도 있고. 용골에서 그 여자 강시에게 손을 댔을 때, 지기가 빨려 들어가는 것을 이미 한 번 경험을 했으니까."

그래서 조화지기 스스로 먼저 위험에 대처를 한 것일 수도 있다.

"뭐, 이러나저러나 그게 그거긴 하지만."

설란의 설명에 루하가 눈살을 찌푸렸다.

"그러니까 결론은 내단에 내공이 몇 갑자가 들었든 간에 내가 쓸 수 있는 건 꼴랑 이 갑자라는 거네?"

"지금은 그래. 아마도 이 갑자의 내공에 네 몸이 적응을 하게 되면, 다시 얼마간의 힘을 해방하는 식으로 되지 않을까 싶어. 그리고…… 꼴랑이 아니라니까? 이 갑자라고. 그 이 갑자가 너한테는 산도 부수게 한 거야.”

“산만 부숴서는 안 되니까 그렇지!”

“그럼 뭘 또 부숴야 하는데?”

“강시!”

“…….”

“말했잖아? 그 여자 강시, 다른 강시랑은 차원이 달랐다니까? 아무리 생각해도 그건 내단을 완전 다 흡수한 게 분명하다고. 적게는 육, 칠 갑자지만 많게는 수십 갑자라며? 그럼 그 여자 강시가 수십 갑자의 내공을 가지고 있을 수도 있다는 거 아냐? 아무리 조화지기가 대단해도 그런 괴물을 고작 이 갑자 내공으로 어떻게 감당을 하냐고. 이번에야 운이 좋았지만, 다시 만나면 그땐 정말 뒈질 수도 있단 말이야!”

“걱정 마. 그럴 일은 없을 테니까. 군웅일왕채 도적들을 단 하나도 남기지 않고 학살하는 와중에도 유독 너만은 건드리지 않은 건…… 그건 분명 귀소본능이 맞을 거야. 네 말대로 용골에서 흡수된 조화지기가 어떤 식으로든 작용을 한 걸 테지. 어쩌면 그 강시만 눈이 정상이었던 것도 그 때문일 수도 있고. 어쨌든 귀소본능이 작용하는 이상 나중에 다시 만난다고 해도 그 강시가 널 해치는 일은 절대로 없을 테니까 그렇게 겁먹을 필요 없어."

하지만 그 말은 루하를 안심시키기에는 역부족이었다.

비단 그 여자 강시 하나 때문이 아니었다.

'그런 괴물이 더 안 나타나리라 어떻게 장담을 하냔 말이지.'

이미 하나가 나왔다.

더 안 나오리란 보장이 없다.

만일 그런 괴물 강시가 계속해서 불어난다면 그 재앙을 누가 감당할 수 있단 말인가?

힘이 필요했다.

그때를 대비하기 위해서라도 지금보다 훨씬 더 강해져야 했다.

'꼴랑' 이 갑자로는 도무지 성이 안 찬다.

'음…… 정말 뭔가 방법이 없으려나?'

산을 날려 버릴 정도의 힘을 가졌음에도 루하가 이렇듯 머리를 싸매며 힘을 갈구하는 것은, 그만큼 연화의 존재가 뇌리에 너무도 강렬하게 각인이 되어 버린 때문이었다.

第八章

잘 컸네, 우리 루하

"백사토신(白蛇吐信)!"

콰앙!

"진량가해(津梁架海)!"

콰앙!

"대붕전시(大鵬展翅)!"

콰앙!

"청룡출수(靑龍出水)!"

콰앙!

"아, 힘 조절 좀 해! 집안 다 부술 일 있니? 누가 들으면 전쟁이라도 난 줄 알겠네."

설란이 한창 수련에 열중인 루하를 보며 핀잔을 준다.

아닌 게 아니라 정말 집안 다 부수겠다. 그 넓은 연무장이 거의 폐허가 되다시피 했고, 연무장을 둘러치고 있는 그 높은 담벼락이 어디 하나 성한 곳이 없을 지경이다.

설란의 핀잔에 루하가 반박했다.

"힘 조절 무지 하고 있는 거거든? 내 딴에는 진짜 안간힘을 쓰고 있다고. 아녔으면 겨우 이 정도로 끝났겠어? 산을 날려 버렸다니까?"

이 갑자의 내공이 생겨나자 야생마처럼 미쳐 날뛰는 조화지기다.

통제가 안 된다.

어떻게든 찍어 누르려고 해도 워낙에 강한 힘으로 터져 나와 버린다.

"그럼 차라리 산으로 들어가든가."

"거기 사는 산짐승들은 무슨 죄라고. 사냥꾼들이라도 살면 그건 또 어쩌고? 걱정 마. 어떡하든 이 성난 망아지 같은 놈을 제대로 길들여 볼 테니까. 나도 겨우 이깟 걸로 허비할 시간 없어. 이놈 길들이고 나면 그다음은 내단부터 찾아서 조져야 하니까."

"아직도 내단 타령이니?"

"당연하지! 난 강해지고 싶다고. 미치도록 강해지고 싶단 말이야!"

"말했잖아. 그 여자 강시는 귀소본능 때문에 절대로 널 해치지 않을 거라니까?"

"알아. 사실 이젠 별로 겁나지도 않아."

루하는 검을 쥐고 있는 자신의 손을 내려다보았다.

주체하기 힘들 정도로 들끓는 힘이 아직도 그곳에 머물러 있다.

검을 휘두르면 휘두를수록, 자신의 힘을 새롭게 인식하면 인식할수록 여자 강시에 대한 두려움은 옅어졌다.

아직은 이길 수 있다 장담은 못 하지만 적어도 자기 한 몸 지킬 수 있다는 자신감은 있었다.

"근데 왜 아직도 그렇게 강해지고 싶어서 안달인데?"

"이젠 나 혼자 몸이 아니니까 그렇지."

"뭐?"

"그 여자 강시나, 아니면 그런 비슷한 강시랑 만난다고 해도 나 혼자라면 어떻게든 도망가면 돼. 근데 표행 중에 만나면? 너는? 아니, 너야 내가 무슨 일이 있어도 지키겠지만, 표사들은?"

이젠 정말 가족 같은 존재가 되어 버린 건지, 큰 부상이 아니었는데도 다친 표사들을 보는 것이 힘들었다. 특히 장청의 핏기 한 점 없는 얼굴을 볼 때는 미안하고 안쓰러워서 더 화가 나기도 했다.

다시는 보고 싶지 않았다.

다시는 내 사람들을 다치게 하고 싶지 않았다.

아니, 어차피 무인의 길을 택한 이상 부상이야 피할 수 없는 일이다. 죽음도 감수해야 한다. 하지만 적어도 자신의 무기력함으로 자신의 눈앞에서 표사들을 잃고 싶지는 않았다.

그러자면 모두를 지킬 수 있을 만큼 자신이 더 강해지는 수밖에 없었다.

루하의 말에 새삼스러운 눈으로 루하를 보는 설란이다.

팔공산에서도 느꼈던 것이지만 확실히 변했다.

처음 만났을 때의 그 이기적이고 자기밖에 몰랐던 아이는 더 이상 없다.

세상으로부터 벽을 단단히 친 채 잔뜩 가시를 세웠던 그때의 편협했던 아이도 없다.

이젠 당당한 일문의 주인으로 그에 걸맞은 품을 가지기 시작했다.

그 품에 귀하디귀한 것들을 하나둘 담아 가고 있다.

그런 루하가 대견하기도 하고 뿌듯하기도 했다.

'잘 컸네. 우리 루하.'

그 성장에 어찌 화답하지 않으리.

"나도 방법을 찾아볼게. 조화지기는 나한테도 아직 지극히 어렵고 난해한 것이라 쉽게 손을 댈 수는 없어. 무작정 손을 대기에는 조화지기도, 내단도 너무 위험한 물건들인 데다가 나한텐 무엇보다 네 안전이 가장 중요하니까. 그래서 내단을 끌어내는 것에 대해서는 확답을 줄 수는 없어. 하지만 안 되면 다른 방법으로라도 너와 표사들을 지킬 수 있는 방법을 찾아볼게. 그러니까…… 천천히 가. 너무 강한 힘에는 마(魔)가 깃들기 마련이고 무인에게 마라는 건 대부분 조급함에서 빚어지는 것이니까."

그렇게 말하며 슬며시 검을 든 루하의 손을 잡는다.

참 신기하게도 그 말과 그 손길에 조금 전까지 그렇게도 급했던 마음이 차분히 가라앉는다. 그리고 그제야 설란의 손에 들린 물건이 눈에 들어왔다.

"근데 그건 뭐야?"

"아…… 약이야. 총표두님을 치료하러 가던 길이었어."

장청이 돌아온 것은 사흘 전이었다.

상처가 깊어 하남에서 며칠 몸을 추스르고 온 것이라 하는데도 저번에 보았을 때보다 안색이나 상태가 더 안 좋아 보였었다.

"총표두님은 좀 어떤데?"

"궁금하면 같이 가서 확인해 볼래?"

이렇게라도 루하의 뜨거워진 머리를 식히려는 의도였다.

그 의도가 뻔히 보였지만 그런 마음 씀씀이가 고맙기도 했고, 또 장청의 상태가 궁금하기도 해서 바로 고개를 끄덕였다.

그렇게 장청의 처소를 찾아가니 뜻밖에도 그곳엔 장청이 없었다.

텅 빈방을 보던 설란이 미간을 모았다.

"아, 이 아저씨가 정말! 아직은 움직이면 안 된다니까."

짚이는 것이 있는지 곧장 어딘가로 향한다.

따라가 보니 장청의 처소 옆, 소연무장이었다.

소연무장에 도착한 루하는 순간 눈을 휘둥그레 떴다.

"흡! 함! 팽! 출!"

그곳에선 장청이 단혼팔문도를 펼치고 있었다.

서 있는 것조차 힘에 겨울 정도의 몸 상태일 텐데 칼을 휘두르다니? 더 황당한 것은 일도 일도에 힘이 넘친다는 것이다.

사흘 전만 해도 핏기 한 점 없던 얼굴에도 혈색이 완연하게 돌아와 있었다.

귀신에라도 홀린 듯이 멍하니 보고 있는데, 설란이 뾰족한 목소리로 외쳤다.

"지금 여기서 뭐 하는 거예욧! 어제 분명히 말씀드렸잖아요. 적어도 보름은 칼을 들면 안 된다고. 근데 왜 또 여기 있는 거예욧!"

그렇게 소리를 치며 설란이 성큼성큼 장청에게로 다가갔다.

그제야 칼을 멈춘 장청이 대수롭지 않다는 듯 어깨를 돌려 보인다.

"그게…… 아무래도 다 나은 것 같아서 말이야."

장청의 말에 황당하기만 한 루하다.

다 나은 것 같다니?

뼈가 훤히 드러나 보일 정도의 상처였다.

두 치만 더 깊었어도 아예 어깨부터 팔이 떨어져 나갔을 것이다.

한데, 다 나은 것 같다니? 게다가 정말로 다 낫기라도 한 것처럼 어깨를 돌리면서 찡그린 표정 하나 짓지 않는다.

더 놀라운 것은 못 말리겠다는 듯 고개를 잘래잘래 저어 보인 설란이 장청의 상의를 벗기고, 칭칭 상처를 동여맨 헝겊을 풀어 냈을 때였다.

"이게……."

상처가 없다. 그토록 깊었던 창상이었건만 거기에는 살짝 긁혔다 아문 정도의 가느다란 흉터뿐이었다.

"이게 어떻게 된 거야? 어떻게 이렇게 멀쩡해진 거야?"

"이거 덕분이야."

의아해하는 루하를 향해 설란이 약병 하나를 꺼내 보였다.

"이게 뭔데?"

"새로 개발한 금창약."

"금창약?"

"응. 의선가 비전의 금창약에 특제 재료를 하나 첨가해서 만든 거야. 재생력이 엄청나서 아예 절단된 팔다리도 부패하기 전이면 말짱하게 다시 붙일 수 있을 정도야."

의선가 금창약의 효능이야 그도 경험한 바가 있다.

확실히 놀라울 만큼 효능이 뛰어나긴 했지만, 지금 이건 차라리 무슨 사술처럼 느껴질 정도로 도무지 눈으로 보고도 믿기지 않는 수준이었다.

"대체 무슨 특제 재료를 첨가한 건데?"

"강시의 내단."

"뭐?"

"정확히 말하면 강시의 내단을 백일 동안 담근 흡암수(吸唵水)야. 흡암수는 기운을 빨아들여서 머금는 성질이 있는 물이고. 극히 미세한 양이었지만 내단의 기운을 머금은 흡암수에 금창약을 섞으니까 금창약이 가진 본래의 효능보다 몇 배는 더 효과가 높아진 거야."

"강시의 내단에 그런 효능도 있었어?"

"일전에 말했잖아. 내단의 성질이 워낙에 다채로워서 쓰임에 따라 다양하게 활용할 수 있다고. 그중 강시가 가진 재생력을 금창약에 더한 거지."

설명을 들어도 새삼 놀랍기만 하다.

"이것만 있으면 어지간한 창상은 걱정할 필요도 없겠는데?"

"그렇지. 아예 목이 잘려 나가거나 아니면 덩이째 살점이 뜯겨 나가지 않은 이상에야 얼마든지 치료가 가능해. 그래도…… 아직 신경까지 다 치료가 된 건 아냐. 통증을 완화시키는 마취 효과까지 있어서 안 아프게 느껴지는 것뿐이야. 그러니까! 당분간은 칼은 들지 마시라구요!"

설란의 기세가 어찌나 사나웠던지 장청마저도 찔끔하며 눈을 피할 지경이다.

그런 그를 다시 한 번 질책 어린 눈으로 노려본 설란이 한숨을 푹 내쉬고는 금창약을 상처 부위에 골고루 발라주고 다시 깨끗한 헝겊으로 동여맸다.

그러한 일련의 과정들을 보며 루하는 한결 마음이 놓이기도 하고, 설란이 곁에 있는 것이 새삼 든든하기도 했다.

'어쩜 저렇게 예쁜 짓만 골라 하는지…….'

참 기특하다. 우리 란이.

*　　*　　*

그 후로 쟁천표국의 일상은 평온했다.

부상당한 표사들도 새로 만든 금창약 덕분에 다들 금세 다 나았고, 꼬리 표행단 일도 꾸준히 들어왔다.

혹시 녹림십팔채에서 군웅일왕채의 일로 딴죽을 걸어 오지나 않을까 살짝 염려를 하기도 했는데, 다행히 꼬리 표행단을 급습한 것이 군웅일왕채의 독단적인 행동이었는지 그쪽에서도 우려했던 반응은 보이지 않고 있었다.

더구나 산을 부순 루하의 신위와 약간의 오해가 더해진 그 잔혹성이 세상에 알려지면서 녹림십팔채가 아니라 그 어느 누구도 이젠 감히 꼬리 표행단을 건드릴 엄두도 내지 못했다.

그렇게 반년이 더 지나자 현천상단에서도 조금씩이나마 중경의 배당금을 보내오기 시작했다. 덕분에 쟁천표국은 날로 번창해 가고 있었다.

"이 정도면 됐으려나?"

루하가 자신의 앞에 늘어놓은 철제 갑옷을 보며 턱을 쓰다듬었다.

"음…… 모양은 제법 그럴듯하게 나온 것 같은데……."

철제 갑옷 중 하나를 들어 올려 이리저리 돌려 보기도 하고 직접 한번 걸쳐 보기도 한다.

썩 마음에 드는 모양이다.

두어 차례 고개를 끄덕이더니 그 갑옷들을 다시 커다란 상자에 아무렇게나 집어넣고는 그것들을 연무장 앞에 차곡차곡 쌓았다.

그리고 표사들을 불렀다.

이젠 제법 위계가 잡히다 보니 그의 부름에 표사들이 즉각적으로 달려 나와 연무장에 줄지어 섰다. 거기에는 장청도 있었고 모웅도 있었다.

소식을 들었는지 설란도 의아해하며 연무장에 나타났다.

그런 그들을 보며 루하가 옆에 쌓아 둔 상자를 툭툭 쳤다.

"제가 여러분들을 이렇게 모이라 한 것은, 무기에 이어 두 번째 대여품을 나눠 드리기 위해서입니다."

사실 루하와 연무장, 그리고 그 옆에 쌓여 있는 상자만으로도 무기를 나눠 주던 지난 기억을 떠올리기에 충분해서 일찌감치 기대로 눈을 반짝이고 있던 표사들이었다. 그런 와중에 루하가 기대를 저버리지 않고 그렇게 말하자 더러는 대뜸 환호를 터트리기도 하고, 더러는 마른침을 꼴깍 삼키며 한층 더 강렬하게 눈을 빛내기도 한다.

그리해 루하가 그 속에서 철제 갑옷들을 꺼내자,

"오! 무기에 이어 이번엔 갑옷입니까?"

"아! 그래서 저번에 우리의 옷 치수를 다 재 간 것이구만!" 이라며 잔뜩 기대 어린 얼굴로 감탄을 터트린다.

솔직히 말하면 모양은 정말 별로였다.

투박한 데다 촌스럽기까지 했다.

더구나 갑옷이란 게 아무래도 그들이 흔히 입는 경장보다는 거추장스럽고 불편할 수밖에 없는 물건이기에 표사들의 성미에도 그다지 맞는 물건이 아니었다.

그럼에도 그들이 이토록 신나 하는 것은 루하의 대여품을 이미 한 번 맛본 때문이었다.

그 하나로 세상이 떠들썩해졌지 않았는가.

쟁천표국의 표사라는 것만으로도 온통 세상의 부러움을 한 몸에 받지 않았던가.

그러니 당연히 두 번째 대여품에 대한 기대 또한 클 수밖에 없다.

심지어 갑옷의 색깔도 무기와 같은 묵빛이었다.

"혹시…… 이것도 만년한철로 만든 것입니까?"

설마했다.

아무렴 그 귀한 만년한철로 고작 갑옷이나 만들었을까

싶었다.

하지만 루하의 대답은 그 설마를 환호로 바꾸었다.

"누차 말하지만 만년한철이 아니라니까요. 그치만 첫 번째 대여품이랑 똑같은 재질인 건 맞아요."

"우와!"

그 즉시 여기저기서 환희에 찬 감탄성이 터져 나온다. 그리고 누가 먼저랄 것도 없이 우르르 달려 나왔다.

그런데, 그러한 들뜬 분위기 속에서 루하가 각각에 맞는 갑옷을 나눠 줬는데, 정작 그 귀한 물건을 받아서 입고 난 표사들의 반응이 영 신통치 않았다.

"저기…… 국주님, 이거 너무 무거운데요?"

"어깨가 아주 그냥 짓뭉개지겠는데요?"

"어깨 정도가 아니라 아예 발이 땅에 파묻힐 지경인데요?"

표사들의 우는 소리에 루하가 뾰로통하게 말했다.

"거참, 엄살들 한번 심하네. 좀 무거워도 참아 봐요. 충분히 그럴 만한 가치는 있으니까. 자, 봐요. 목이랑 머리까지 완벽하게 보호가 되어 있잖아요. 여기에 우리한텐 쟁천표국의 특제 금창약까지 있고, 이제 웬만해서는 죽을 일도 불구가 될 일도 없단 말이죠. 내가 당신네들 목숨 줄 지켜 보겠다고 얼마나 머리를 싸맸는지 알기나 하세요들?"

"하지만 이걸 입고는 도저히 표행에 나갈 수가 없습니다. 그 먼 길을 어떻게 이 무거운 걸 걸치고 다닙니까? 아니, 이동이야 어찌어찌 참아 본다고 해도 이걸 입고 진법을 펼치는 건 아예 불가능하다고요."

"아, 거참. 엄살들 좀 그만 떠시라니까. 나도 다 입어 보고……."

"엄살이 아냐."

표사들의 곤혹스러워하는 얼굴을 보고 있기가 뭐했는지 설란이 끼어들었다.

하지만 아무리 설란의 말이라도 인정 못 하는 루하다.

"나도 다 입어 본 거라니까. 무게를 줄이려고 갑옷의 두께도 최대한 얇게 만들었고, 별로 안 무거워."

"그거야 네 기준이지. 내공이 갑자기 이 갑자나 늘었는데, 느끼는 무게감이 표사들이랑 같니? 금강한철 자체가 현철보다도 무거운 금속인데, 그걸로 흉갑이랑 투구까지 통짜로 만들었으니…… 족히 이백 근은 넘게 나갈걸? 전혀 엄살들 피우는 거 아니란 말이야. 이것들…… 무거워서 못 써."

"못 쓰다니? 그럼 이것들은 어쩌라고? 녹여서 재활용을 하려고 해도 녹일 수 있는 것도 아닌데, 그냥 버리라고? 말했잖아, 나 이거 만드느라 완전 고생했다니까? 거기다 들어간 돈도 삼백 냥이 넘어."

"버릴 것까지야 없겠지만, 그래도 지금 이대로는 표사들이 쓸 수 있는 물건이 아닌걸."

설란의 말은 언제나 옳다.

표사들의 실망과 곤혹스러움이 뒤섞인 표정만 봐도 이번만큼은 삽질이 분명했다.

'하아. 그럼 그동안 나 혼자 뭐 한 거야?'

직접 발품까지 팔아 가면서 갑옷 제작으로 유명한 대장장이를 찾아가기도 하고, 몇 날 며칠을 대장장이와 머리를 맞대 가면서 안전하되 진법을 위한 활동성도 고려한 최적의 기능성 갑옷을 탄생시킨 것이었는데, 고작 무게 하나 고려 못 한 것 때문에 이런 난관을 맞게 될 줄은 꿈에도 몰랐다.

이걸 내놓는 순간 무기를 나눠줬을 때처럼 표사들은 그의 배려와 선심에 감동의 물결일 것이고, 세상은 또 한 번 희대의 보물에 열광할 것이다.

그렇게 부푼 기대를 안고 매달린 일이었는데, 못 쓸 물건이라니? 저 실망 어린 얼굴들이라니?

허탈함은 서운함이 되고 서운함은 짜증이 된다.

"아, 됐어! 싫음 관둬요. 다 벗어요. 다 가져다가 엿이라도 바꿔 먹지, 뭐. 무게는 잔뜩 나가니까 엿 한번 오지게 먹을 수 있겠네."

상처받은 티 팍팍 내는 그를 보며 설란은 한숨을 푹 내쉬었고 표사들은…… 머뭇머뭇 루하의 눈치는 보는 중에도 누구 하나 크게 아까워하는 기색 없이 갑옷을 벗어 던진다.

"그래 뭐, 없이 살아서 엿 한번 배 터지게 먹어 보는 게 어릴 때 소원이었는데 이참에 그 소원 한번 제대로 이루어 보지 뭐."

그런 일상이었다.

한가롭고 소소한.

그러한 중에 무림맹으로부터 소식 하나가 세상에 퍼져 나갔다.

강시 토벌대가 오히려 전멸을 당하고부터 이 년, 거의 봉문을 하다시피한 무림맹이 오랜 침묵을 깨고 세상으로 다시 나온다는 것이었다.

애초에 사람들의 관심에서 한참 멀어진 무림맹이었다.

처음에는 그 같은 소식에도 세상은 시큰둥했다. 하지만 지난 이 년 동안 서쪽으로는 서역의 천축, 동쪽으로는 동이의 작은 나라까지 천하를 다 뒤진 끝에 엄청난 돈과 공을 들여 무려 여덟 자루의 만년한철 무기를 구했다는 것과, 그것으로 이 땅에 존재하는 모든 강시를 멸해 세상을 구하겠다 무림맹이 천명하면서 분위기는 완전히 달라졌다.

사실 그동안 삼절표랑과 쟁천표국에 열광하면서도 사람

들의 마음을 충족시키지 못하는 한 가지가 있었다. 강시를 잡을 능력이 있으면서 왜 보다 적극적으로 강시 토벌에 나서지 않느냐는 것이었다. 특히 천중산에서 단신으로 군웅일왕채와 강시를 죽이고 칠현봉을 날려 버린 것이 알려지자, 그 놀라운 무위에 열광하는 중에도 한쪽에서는 강한 힘에는 책임이 따르기 마련인데 너무 자기 잇속만 챙기는 것이 아니냐는 불만이 나오기도 했다.

물론 '쟁천표국은 어디까지나 표국일 뿐이지 정의 구현을 기치로 내건 정대문파가 아니며 표국이 책임져야 할 것은 오직 표물일 뿐이다' 라는 목소리가 그 불만의 소리들을 이내 묻어 버렸지만, 확실히 쟁천표국의 행보에 아쉬움을 드러내는 자들이 늘고 있는 것은 사실이었다.

그런 시점에 무림맹이 강시 토벌을 천명한 것이다.

어디까지나 잃어버린 명예와 짓밟힌 자존심을 세우기 위한 것이었는데 그 한 수가 제대로 먹혔다.

세상의 모든 이목이 무림맹에게로 모아졌다.

사람들은 만년한철 여덟 자루로 과연 강시를 잡을 수 있을지, 기대 반 호기심 반으로 무림맹의 행보에 촉각을 곤두세웠다.

그러한 관심들 속에서 마침내 무림맹 강시 토벌대가 첫 사냥에 나섰다.

목적지는 융중산이다.

거기에 표마원의 첫 표행을 방해한 강시가 있다. 또한 거기서 제일 차 토벌대 수백이 목숨을 잃었다.

잃어버린 명예와 짓밟힌 자존심을 다시 세우기에 그보다 더 적합한 상대가 없는 것이다.

*　　*　　*

협도가 등에 닿았다.

서걱—

살점이 갈라졌다.

'통한다!'

다른 쪽에서 벼락처럼 덮친 장검이 강시의 팔을 베었다.

서걱—

'강시에게 검이 박힌다!'

"크아아아앙!"

고통과 분노가 뒤섞인 포효가 융중산을 울리자 무림맹 토벌대는 한껏 더 기세를 올린다.

"대천강곤마대진(大天罡困魔大陣)!"

"복마구룡진(伏魔九龍陣)!"

"삼승육제무량겁천망(三乘六除無量劫天網)!"

토벌대의 책임자이자 곤륜파 장문인인 자양진인(滋養眞人)의 입에서 연이어 진법들이 터져 나오고 그에 맞춰 토벌대가 오와 열을 맞춰 신속하게 대열을 이동했다.

삼백 명의 대인원이 마치 기계처럼 일사불란하게 움직이는 광경은 그야말로 장관이 아닐 수 없었다. 그 속에서 만년한철 무기를 든 무림맹 단주급 고수들 여덟 명이 일시에 두 번째 공격을 강시에게 가했다.

서걱서걱—

“크아아악!”

이번에도 먹혔다.

‘통한다!’

그토록 단단했던 강시의 살가죽이 만년한철에는 버티지 못하고 있었다.

역시 해법은 만년한철이었다.

‘이거라면…… 이것만 있으면…….’

강시를 잡을 수 있다.

처음에는 불안이었고, 두 번째는 반신반의였으며, 세 번째는 확신이었다.

그리해 일말의 두려움마저 완전히 떨쳐 낸 무림맹 토벌대는 만년한철을 든 여덟 고수를 필두로 강시를 맹렬하게 몰아붙였다.

그렇게 한 시진이 지나고 다시 한 시진이 더 지났다.

그런데…….

'어찌하여 안 죽는 것인가?'

자양진인의 눈에도 의아함이 깃들기 시작했다.

도무지 죽을 기미를 보이지 않는다. 움직임은 점점 굼떠지고 기력도 분명 약해지고 있는데, 질기게 살아 있다. 아니, 살아 있는 정도가 아니었다. 심지어 도검에 베였던 상처마저 그사이 순차적으로 아물어 가고 있었다.

이런 건 들어 본 적이 없었다.

쟁천표국은 강시 한 마리를 잡는 데 길어도 반 시진이 넘지 않았다고 들었다. 하물며 지금 만년한철을 든 자들은 쟁천표국의 표사들 따위와는 비교 자체를 불허하는 무림 명숙들이었다.

'아무리 무기의 개수가 차이 난다지만…….'

저 끈질김은, 저 재생력은 대체 뭐란 말인가?

'설마…… 쟁천표국이 사용하는 무기가 만년한철보다도 더 뛰어난 것이란 말인가?'

순간적으로 떠오른 생각에 급히 고개를 저었다.

그럴 리 없다.

고금 이래로 만년한철보다 뛰어난 금속은 존재하지 않았다.

그런 것이 존재했다면 저 여덟 자루를 구하고자 구대문파가 각 문파의 곳간을 털지도 않았을 것이고, 각 문파의 장문인들이 스스로의 위신도 도외시한 채 그 주인들에게 무릎을 꿇고 읍소하는 일도 없었을 것이다.

그것이 만년한철의 가치였다.

세상에 만년한철보다 뛰어난 무기는 있을 수 없다.

그래. 무기의 문제가 아니다.

저 강시가 그저 다른 강시보다 더 질긴 가죽과 더 강한 생명력을 가지고 있는 것뿐일 것이다.

그렇게 결론을 내린 자양진인이 목소리를 높여 토벌대를 독려했다.

"제일 대는 화풍정(火風鼎)으로 강시의 손을 묶고, 제이 대는 산천대축(山天大畜)으로 강시의 발을 묶고, 제삼 대는 천산둔(天山遯)으로 강시의 눈을 가린다! 그리고 여덟 단주들은 상처가 다시 재생되지 않게 한 부위에 반드시 세 번의 첩검(疊劍)으로 상처를 깊이 벌려야 할 것이오!"

그것이 지금 상황에서 그가 내릴 수 있는 최선의 지시였다.

하지만 그렇게 했는데도 강시잡이는 지루하게 이어졌다. 아침나절에 시작한 것이 여덟 시진이 훌쩍 지나 깜깜한 자정을 넘겼는데도 아직 마무리가 되지 않고 있었다.

그 바람에 지칠 대로 지친 토벌대다.

다들 가쁜 숨을 토해 내는가 하면 기진맥진해서 비틀거리는 자들도 있었다. 진법이 흐트러진 것은 말할 것도 없다. 그런데도 강시가 흐트러진 진법을 깨트리지 못하는 것은 강시 또한 그만큼 지쳐 있었기 때문이다.

아니, 이젠 정말 막바지였다.

“크앙!”

발악하듯 토해 내는 포효성도 더 이상 사납지 않았고, 위협하듯 휘두르는 칼도 이젠 낙엽조차 베지 못할 만큼 힘을 잃었다.

‘그래. 이젠 끝이다!’

그리해 마지막 명을 내렸다.

“삼태극합격진(三太極合格陣)!”

그의 명이 떨어진 순간 여덟 개의 칼이 일거에 강시를 향했고, 수천수만 개의 검영이 강시의 몸을 난자했다.

“크아아아아앙!”

이제 그것은 포효가 아니라 비명이었다.

고통에 찬 울부짖음이었다.

무릎이 꿇렸다.

두 손마저 땅에 닿았다.

그리고 머리마저 바닥에 박고는 죽은 듯 웅크렸다.

그런데 그때였다.

"끄르르르르르……."

웅크린 강시에게서 지금까지와는 다른 괴성이 흘러나온다 싶더니 강시의 몸에서도 붉은빛의 기운이 스멀스멀 피어올랐다. 그리고 경련하듯 부르르 떨어 댄다.

어딘지 섬뜩한 느낌이었다.

그 괴이쩍은 광경에 무림맹 고수들도 주춤 뒤로 몸을 물리는데 돌연,

"끄아아아아아아!"

정말이지 귀가 따갑다 못해 소름 끼치도록 날카로운 괴성을 토한 강시의 몸이 갑자기 '펑' 하고 터져 버리는 것이 아닌가?

그와 동시에 수백 수천 줄기의 영롱한 빛줄기가 밤하늘을 수놓으며 마치 유성처럼 사방으로 퍼져 나갔다.

그 누구도 예상치 못한 상황에 모두가 어리둥절해 있는 사이, 토벌대 속에서 누군가 들뜬 목소리로 외쳤다.

"죽었다! 강시가 죽었다!"

그제야 하나둘 현실로 돌아왔다.

방금 전의 상황이 어떤 상황인지는 모른다.

기체화되며 내단을 남긴다고 들었던 것과는 조금 다른 결과였고 괴변이었지만, 그런 것에 연연할 겨를이 없다.

지금 중요한 것은 드디어 그들이, 무림맹이 치욕의 역사를 뒤로하고 강시를 잡는 데 성공했다는 것이다.

"와아아아! 우리가 강시를 잡았다!"

"우하하하하! 무림맹이 강시를 죽였다!"

환호가 들불처럼 일어난다.

이제 세상이 무림맹을 다시 보게 될 것이다.

세상은 다시 무림맹을 향해 깊은 존경과 선망을 보내게 될 것이다.

고작 표국 따위에 오욕으로 짓뭉개진 자존심도 전보다 더 화려하게 빛날 것이다.

"와아아아! 무림맹 만세!"

승리감에 도취되어 미친 듯이 소리를 질러 댔고 미치도록 열광했다.

그 야밤에 융중산은 사내들이 토해 내는 뜨겁고 진한 열기로 그렇게 들끓고 있었다.

*　　*　　*

섬서 소화산(小華山)의 깊은 계곡이었다.

절뚝절뚝—

상처 입은 호랑이 한 마리가 다리를 절뚝거리며 물가로

다가갔다.

목이 타는지 급하게 물을 마시는 호랑이는 어딘지 불안한 모습으로 연신 뒤를 돌아보았다.

그도 그럴 것이 조금 전 영역 싸움이 있었다.

이곳 소화산 연추봉은 원래 자신의 영역이었다.

호랑이는 범접할 수 없는 위엄으로 수년 동안 이곳을 지켰다.

그런데, 출산으로 몸이 약해진 틈을 타 준극봉에 있는 암수 한 쌍의 호랑이가 영역을 침범해 새끼들을 물어 죽이고 자신을 공격했다.

평상시라면 두 마리라고 해도 거뜬히 제압할 수 있었다. 아니, 평상시라면 감히 자신의 영역을 침범해 올 엄두도 내지 못했을 것이다.

하지만 출산한 지 얼마 안 된 몸으로 한창 혈기 왕성한 두 마리의 호랑이를 감당해 내기엔 역부족이었다.

처참하게 물어뜯겼다.

온몸이 성한 곳 하나 없었고, 특히 왼쪽 앞다리 뼈는 거의 으깨어지다시피 했다. 목숨을 건진 것만으로도 천만다행인 상황이었다.

하지만 이대로 물러날 생각은 추호도 없었다.

눈앞에서 새끼들을 물어 죽이던 것이 생생하게 뇌리에

남아 있다.

가슴에 새겨진 그 응어리는 그것들을 뼈째로 씹어 먹어도 시원치가 않았다.

그러자면 일단 기력부터 회복해야 했다.

출산 직후였기에 제대로 끼니도 때우지 못해 허기가 질대로 진 상태, 그런 호랑이의 눈에 마침 계곡 건너편에 하얀색 토끼 한 마리가 보였다. 본능적으로 몸을 움츠리고 조심스럽게 발을 내디뎠다. 그런데, 그렇게 계곡물에 발을 담그고 몇 발짝을 내딛는 그때였다. 차가운 계곡물 속에서 계곡물보다 더 차갑고 딱딱한 감촉이 발바닥에 느껴졌다.

발을 뗐다.

그러자 붉은빛이 감도는 아주 작고 둥근 돌이 보였다.

이상하게도 눈을 뗄 수가 없다.

아니, 눈을 뗄 수 없는 정도가 아니라 그것을 보자 지독한 허기가 밀려들었다.

본능이 이끄는 대로 덥석 물었다.

와드득와드득—

쇳덩이처럼 단단한 그것을 어금니로 와드득와드득 씹어보던 호랑이가 도저히 깨지지가 않자 이내 그것을 꿀꺽 삼켜 버렸다.

그 직후였다.

"크헝!"

호랑이가 고통에 찬 비명을 지르면서 계곡물에 엎어졌다. 그리고 온몸을 비틀기 시작했다.

으드득으드득—

전신에서 뼈를 긁어 대는 소리가 들리고 '크허헝!' 호랑이의 비명이 더 커지더니 급기야 사시나무 떨듯 극심한 경련까지 일으킨다.

경련이 멈추고 모든 것이 잠잠해진 것은 그로부터 대략 일각 정도가 지났을 때였다.

죽은 듯 축 늘어져 있던 호랑이의 꼬리가 살랑 흔들렸다.

이어진 꿈틀거림.

이윽고 마치 아무 일도 없었던 것처럼 몸을 일으켜 세우는 호랑이는 어딘가 달라져 있었다.

덩치도 좀 커진 듯했고 발톱과 송곳니도 길고 두꺼워졌다. 견갑골은 마치 갑옷처럼 단단하고 두꺼워져 있었으며, 뼈가 으깨어져 절뚝거리던 다리도 언제 그랬냐 싶게 멀쩡해져 있었다.

무엇보다 확연하게 눈에 띄는 변화는 눈이었다.

선홍빛 핏물을 담은 듯 섬뜩하도록 새빨갛다.

그런데 그때였다.

"크르르릉."

조금 전 토했던 비명이 불러 버린 것일까?

녹음이 짙은 숲 속에서 어슬렁어슬렁 두 마리의 호랑이가 모습을 드러냈다.

두 암수 호랑이의 눈빛은 진한 살기를 가득 머금고 있었다. 아예 여기서 목숨을 끊어 후환을 남겨 두지 않을 심산이 분명했다.

하지만 그것도 잠깐이었다.

호랑이의 어딘지 달라진 모습과 분위기를 감지하고는 갑작스럽게 밀려드는 어떤 불길함에 움찔하며 걸음을 멈춘다.

그러나 늦었다.

"크아아앙!"

한층 더 위협적으로 변한 호랑이가 새빨간 눈을 희번덕거리며 수컷 호랑이를 향해 벼락같이 달려든 것이다.

어찌 피하고 자시고 할 겨를도 없었다. 달려든다 싶은 순간에는 이미 붉은 눈의 호랑이가 크고 단단한 송곳니로 수컷 호랑이의 목을 물어뜯고 있었다.

우드드득—

"끄으으으……."

저항 한 번 제대로 못 한 채 목이 부러졌다.

단말마조차 제대로 지르지 못했다.

그렇게 물어 죽인 수컷 호랑이를 아무렇게나 던져 버린 붉은 눈의 호랑이가 남은 암컷 호랑이를 본다.

암컷 호랑이의 눈에 공포가 어린다. 공포가 어린다 싶은 순간 본능적으로 몸을 돌려 뒤도 돌아보지 않고 달렸다.

하지만 의미 없는 몸부림이었다.

붉은 눈의 호랑이가 단숨에 여섯 장 거리를 건너뛰어 암컷 호랑이를 덮쳤다. 그리고 이어진 것은,

우드드득—

수컷 호랑이와 조금도 다르지 않은 최후였다.

그렇게 모든 복수를 마친 붉은 눈의 호랑이가 산이 떠나갈 듯이 포효를 질렀다.

"크아아아아아아앙!"

그것은 복수를 마친 것에 대한 통쾌함이 아니었다.

승자의 환호도 아니었다.

새끼 잃은 어미의 그저 가슴 아픈 울부짖음이었다.

그래서 서글펐고 애처로웠으며 또한 사무치도록 절절했다.

그렇게 울부짖던 중이었다.

호랑이는 등 뒤에서 느껴지는 갑작스러운 한기에 흠칫 놀라며 급히 뒤를 돌아보았다. 그런 호랑이의 시야에 조그맣고 하얀 물체가 보였다.

조그맣고 하얀 물체가 그야말로 빛의 속도로 날아들고 있었다.

아니, 날아들고 있다 느낀 순간 이미 그것은 호랑이의 턱 밑에까지 이르렀고, 이내 호랑이의 목덜미를 물었다.

와득―

'……!'

길고 단단한 두 개의 이빨이 깊숙이 목덜미를 파고든다 느꼈지만, 호랑이는 고통을 느낄 겨를이 없었다. 고통보다도 의아함이 먼저였다.

아니, 이건 차라리 황당함이다.

지금 자신의 목을 물고 있는 그 작은 물체는 어이없게도 조금 전 호랑이가 허기를 채우려 했던 계곡 건너편의 토끼였던 것이다.

작고 하얀, 호랑이의 것처럼 새빨간 눈을 한 토끼가 호랑이의 목을 물어뜯고 있었다. 도저히 토끼의 것이라고 할 수 없는 길고 날카로운 앞니로, 와득와득 뼈까지 부서뜨리며.

저항하려 했다. 발버둥도 쳤다.

하지만 토끼의 그 작은 앞발에 눌려 꼼짝도 할 수 없었다.

쿠웅―

그리해 호랑이의 그 큰 덩치가 쓰러졌다.

"끄르르르……."

가래 끓는 소리를 내며 결국 마지막 숨을 토했다.

토해 내는 마지막 숨의 끝에 조금 전 호랑이가 삼켰던 붉은 돌이 흘러나왔다.

기다리고나 있었다는 듯 토끼가 그것을 잽싸게 주워 삼킨다.

이어진 것은 조금 전 호랑이가 그랬던 것과 똑같은 경련이었다. 그리고…… 변했다. 선홍빛 새빨간 눈은 한층 더 짙고 선명해졌고 몸은 거의 두 배나 커졌다. 비정상적으로 길고 날카롭던 이빨도 한층 더 굵고 단단해졌다.

하지만 그것은 잠시였다.

푸스스스스—

돌연 두 배로 커졌던 몸이 줄어든다 싶더니 이내 처음과 다름없는 상태로 돌아갔다. 앞니도 다시 작고 앙증맞아졌고, 그리해 호랑이를 물어 죽인 이 터무니없는 토끼는 마치 아무 일도 없었다는 듯 새침스레 본래의 귀여움을 되찾았다.

다만 호랑이 세 마리의 주검을 남겨 두고 총총걸음으로 숲 속을 향해 달려가는 토끼의 눈만큼은 섬뜩하도록 붉은, 선홍빛 그대로였다.

第九章

사고뭉치 무림맹

융중산에서 전해진 무림맹의 강시 사냥 성공 소식은 삽시간에 무림 전역으로 퍼져 나갔다.

쟁천표국 외에 처음으로 강시를 사냥한 무림맹의 활약은 오랜 가뭄 끝의 단비처럼 메말라 있던 무림을 시원하게 적셨다.

쟁천표국에 대해서는 그저 그 활약 자체에 열광했다면 무림맹에 대해서는 난세를 평정할, 뒤틀린 세상을 바로잡아 줄 희망으로 간절히, 그리고 뜨겁게 응원했다.

세상의 열렬한 지지를 받은 무림맹의 행보는 거침이 없었다.

두 번째 강시 사냥에 성공했고, 세 번째도 무사히 마쳤다.

물론 토벌대에서 단연 독보적인 활약을 펼친 것은 여덟 자루의 만년한철 무기를 든 여덟 명의 단주들이었다. 그리해 세상은 그들을 가리켜 항마팔신장(降魔八神將)이라 이름 붙였고, 그들이 든 무기를 항마팔성기(降魔八聖器)라 부르며 찬양했다.

덩달아 토벌대를 이끌고 있는 곤륜파 장문인 자양진인에게도 찬사가 이어졌지만, 정작 자양진인은 그 거침없는 토벌대의 행보에도 어쩐 일인지 찝찝한 마음을 지우지 못하고 있었다.

"대천강곤마대진(大天罡困魔大陣)!"

삼백 토벌대가 여덟 개의 대로 나눠져 여덟 방위를 점했다.

"삼승육제무량겁천망(三乘六除無量劫天網)!"

한 방위에 삼중의 방어진이 쳐지고 그 뒤로 다시 여섯 개의 방어진이 보좌한다.

"만마멸절폭풍진(萬魔滅絕暴風陣)!"

좁혀 드는 방어진 속에서 항마팔신장이 마치 활이 쏘아지듯 여덟 방위에서 튕겨 나가며 항마팔성기로 강시의 몸을 베었다. 항마팔신장의 움직임이 너무도 빨라 강시를 훑고 가는 그 잔상이 긴 꼬리를 남기며 마치 거미줄처럼 강시를 에워쌌다.

그야말로 폭풍처럼 이루어지는 공격이었다.

그럼에도 무한처럼 지루하게 반복된다.

죽지 않는 것이다.

융중산의 강시와 마찬가지로.

두 번째, 세 번째의 강시와 마찬가지로 가죽은 지독하게 질겼고 생명력은 그보다 더 질겼다.

자양진인의 찝찝함도 거기에서 기인하고 있었다.

'우리가 잡았던 강시가 유난히 더 질긴 가죽을 가진 것이 아니었다.'

그럼 어찌하며 쟁천표국은 반 시진도 걸리지 않는 것을, 토벌대는 반나절을 훌쩍 넘기고서야 겨우 잡을 수 있단 말인가?

생각할 수 있는 것은 하나뿐이다.

'정녕…… 그들이 가진 무기가 만년한철보다도 더 뛰어난 것이란 말인가?'

믿기진 않지만, 인정하고 싶지도 않지만 쟁천표국의 표사들이 가진 무기가 무림맹이 실로 어렵게 구한 무기보다 월등히 좋은 것임이 틀림없다.

'정녕 만년한철보다 뛰어난 무기가 존재한단 말인가?'

대체 삼절표랑은 그런 신물을 어디에서 그렇게 대량으로 구한 것이란 말인가?

"하아……."

답답한 의문은 탄식이 되어 터져 나온다.

그때였다.

펑—

강시가 마지막 괴성을 토하며 폭발하고, 어김없이 수천 개의 붉디붉은 빛줄기가 야공을 수놓는다. 이젠 다들 으레 그러려니 한다. 심지어는 그것을 마치 축제의 폭죽처럼 여기고는 대소를 터트리고 박수까지 쳐 대는 자들도 있었다.

하지만 자양진인만큼은 그런 분위기에 편승할 수가 없었다.

그마저 쟁천표국의 사냥과는 다른 모습이기에 왠지 모를 불안감만 밀려들 뿐이었다.

*　　*　　*

"이번엔 강소의 운태산(雲台山)이었다며?"

루하의 물음에 설란이 고개를 끄덕였다.

"응."

"벌써 여섯 구째인가? 이러다 진짜 강시들 씨가 마르겠네."

"왜? 호시절 다 간 것 같아 아쉬워?"

"뭐, 딱히. 어차피 오래갈 거라고는 생각 안 했으니까. 평생 써도 다 못 쓸 만큼 벌기도 했고, 세상이 변해도 흔들리지 않을 만큼 명성도 쌓았고."

대수롭지 않다는 듯 어깨를 으쓱해 보인 루하가 쟁천표국의 문을 나섰다.

쟁천표국 밖에는 꼬리 표행단을 위한 표사 스물다섯이 그들을 기다리고 있었다. 지난번 하남으로 장청과 모웅을 비롯한 제이 지원대가 표행을 다녀온 터라 이번 표행은 제일 지원대인 그들의 차례였다. 덕분에 모처럼 닭장 밖으로 나오게 된 닭수리들이 제일 신나서 날갯짓을 해 댔다.

그런데 다른 날과는 풍경이 다르다.

지원대가 꼬리 표행단으로 출발을 하는 날이면 문 앞에서부터 관도가 미어터지도록 구경꾼들이 늘어서 있기 마련이었는데, 지금은 예전에 비해 그 수가 절반도 채 되지 않는 듯했다.

"세상인심 참 매몰차네."

무림맹의 이름이 높아지면 높아질수록 상대적으로 쟁천표국은 관심에서 멀어질 수밖에 없다. 직접적으로 이렇게 그 냉정한 현실을 보게 되니 약간 서운한 마음이 드는 것은 어쩔 수 없었다.

"지금까지는 고작 표행길에 세상의 관심이 너무 과도하긴 했지."

설란의 말에 루하도 고개를 끄덕였다.

"하긴, 인기는 정의 구현에 불철주야 힘쓰고 계신 무림맹의 협의지사 분들께서 가져가는 게 마땅한 일이지."

표물이나 지키는 일개 표국에게 그간의 영웅 대접은 오히려 부담스러웠던 것도 사실이다. 그렇게 생각하니 일면 홀가분한 마음도 든다.

게다가 세상의 모든 인심이 무림맹을 향하고 있는 것만은 아니었다.

꼬리 표행단의 출발지로 도착하니 그곳에는 여전히 수십 개의 영세 표국들이 그를 반겼다. 심지어 그들은 세상의 인심과는 달리 무림맹의 강시 토벌을 탐탁지 않아 하기까지 했다.

"지금이야 이렇게 꼬리 표행단으로 입에 풀칠이라도 한다지만, 무림맹이 강시를 다 잡아 없애고 나면 분명 다시 표마원을 운영할 것이 아닙니까? 그럼 강시가 나타나기 전처럼 표마원에 소속된 표국들한테만 표물이 갈 테구요. 신표련에서조차 외면당한 우리네 같은 영세 표국들한테까지 돌아올 표물이 있을 리가 없는 거죠."

세상이 다 무림맹의 정의 구현을 찬양할 때 당장 생계의 위협으로 시름 하는 영세 표국들인 것이다.

"다들 이번이 마지막일지도 모른다는 생각들을 하고 있습니다. 그래서 표행을 무사히 끝내겠다는 각오들이 대단하죠."

여진표국의 국주 장량의 입가에 처연한 미소가 매달렸다.

참 모순된 상황이다.

세상 사람들이 다 없어지길 바라는 강시가 저들에겐 유일한 생존 수단이 되고 있고, 세상 사람들이 다 응원하는 무림맹의 강시 토벌이 저들에겐 생존을 위협하는 칼날이 된다.

그러한 모순 속에서 처연히 흘러나오는 저 미소가 참 짠하다.

하지만 그 또한 저들의 사정이다.

세상의 모순으로부터 생존을 위협당하는 것이 어디 저들만의 일이겠는가.

그것을 이겨 내든, 아니면 포기하고 돌아서든 그건 어디까지나 저들의 몫인 것이다.

지금 그가 할 일은 그저 이번 표행이 무사히 끝날 수 있도록 꼬리 표행단을 든든히 지키는 것뿐이다.

그렇게 꼬리 표행단이 출발했다.

이번 표행은 하남 정주에서 출발해 산동의 제남까지 가는 길이었다.

"여기선 아무래도 임평을 통해서 돌아가는 것이 좋을 것 같습니다."

하남을 무사히 넘어 산동의 평음에 이르렀을 때였다. 소의 머리를 닮았다 하여 우두산(牛頭山)이라 불리는 곳을 앞에 두고 장량이 조심스럽게 말했다.

"임평으로 돌아가자구요?"

루하는 이해가 안 된다는 듯 고개를 갸웃거렸다.

여기 우두산만 넘으면 그다음부터는 일직선으로 뻗은 관도를 쭉 달리기만 하면 제남이었다. 반면 임평을 통하자면 멀리 돌아가야 할 뿐만 아니라 길도 험해서 꽤나 고생을 해야 했다.

"우두산에는 강시가 없다 들었는데 왜……?"

"그게…… 요즘 여기에서 맹수가 자주 출몰해서요."

"맹수요?"

강시도 아니고 맹수라니?

"지금 여기에 표사들이 몇이나 있는데 고작 맹수 같은

걸 겁내요?"

"근데 그게 보통 맹수가 아니라…… 워낙에 사납고 신출귀몰해서 인근 사냥꾼들이 그 맹수에 물어뜯겨 죽었는데도 아직 정확한 정체조차 밝히지 못한 상태입니다."

"아무리 그래도 그렇지 고작 그런 걸 겁내서 표행길을 돌리라는 게……."

루하가 여전히 납득이 안 된다는 표정을 하고 있는데, 옆에서 듣고 있던 설란이 끼어들었다.

"그렇게 간단히 생각할 일은 아냐."

"간단히 생각할 일이 아니면?"

"여기 우두산만 그런 게 아냐. 아직은 피해 사례가 적어서 크게 알려지진 않았지만, 최근 들어 각지에서 정체 모를 맹수들의 출몰이 보고되고 있어. 사냥꾼뿐만이 아니야. 소화산에서는 대호 세 마리의 시체가 한꺼번에 발견되기도 했고, 심지어 귀주의 검령산(黔靈山)에선 녹림의 거두인 청죽귀마(青竹鬼魔) 한굉(韓宏)이 정체 모를 맹수에게 목이 뜯긴 채로 발견되었다고 들었어."

"청죽귀마 한굉이?"

이름 정도는 들어봤다.

귀주에선 손꼽히는 녹림의 고수였다.

"응. 그러니까 미물이라고 해서 가볍게 생각하면 안 돼.

네발로 걷는 짐승이 살의를 품으면 그것만큼 무서운 것도 없으니까. 더구나 여기엔 지켜야 할 것들이 너무 많잖아.”

청죽귀마 한굉의 이름까지 듣고 보니 그제야 경각심이 드는 루하다.

설란의 말대로 네발 달린 짐승의 그 예측을 불허하는 움직임은 길게 줄지어 있는 꼬리 표행단에는 큰 위험이 될 수도 있었다.

그리해 장량의 말대로 표행단의 방향을 돌리려는데, 바로 그때였다.

루하의 어깨에 올라앉아 있던 닭수리들이 뭔가를 감지한 듯 돌연 머리를 빳빳이 세우고는 우두산을 향해 지금까지는 단 한 번도 본 적이 없는 매섭고 날카로운 눈매를 던지는가 싶더니, 이윽고 누가 먼저랄 것도 없이 거침없는 날갯짓으로 우두산을 향해 날아가는 것이었다.

“저것들 왜 저래?”

말리고 자시고 할 틈도 없었다. 어리둥절한 눈으로 닭수리들을 쫓았을 때는 눈 깜짝할 사이에 이미 우두산으로 사라져 버린 뒤였다. 그런데 바로 그 직후였다.

크허어엉—

닭수리들이 사라진 방향에서 강시의 것 같기도 하고, 대호의 것 같기도 한 포효성이 온 산야를 쩌렁하게 울렸다.

"뭐야? 무슨 일이 벌어지고 있는 거야?"

놀람은 뒤였다. 루하의 몸은 이미 포효성이 들린 곳을 향해 맹렬히 달려가고 있었다.

그리해 그가 닭수리들을 찾았을 때, 거기에는 닭수리들 말고도 낯선 동물 하나가 더 있었다.

'늑대……?'

얼핏 보기에는 늑대로 보였지만, 아니었다.

늑대라고 하기에는 덩치가 너무 컸다. 덩치만 보자면 호랑이보다도 오히려 더 커 보였다. 게다가 기다랗게 뻗어 있는 네 개의 송곳니는 이빨이라기보다는 차라리 뿔에 더 가까워 보였고, 발톱도 마치 칼날을 꽂아 놓은 것처럼 비정상적으로 날카롭고 흉측하게 돋아 있었다.

'대체 저건 무슨 괴물이야?'

더 놀라운 것은 닭수리들이었다.

강시만 보면 머리를 처박고 숨기에 바빴던 닭수리들이, 환골탈태를 시켜 준 값도 못 하던 그 겁쟁이 밥버러지들이, 지금 이 순간 저 정체 모를 괴수를 상대로는 그야말로 용맹무쌍하게 싸우고 있었다. 더 놀라운 것은 늘 앙숙처럼 서로를 못 잡아먹어서 안달이던 녀석들이 지금은 마치 수십 년 손발을 맞춰 온 어느 무림의 원앙처럼 완벽하게 공수를 연환하며 괴수를 몰아치고 있다는 것이다.

그 바람에 끼어들 틈도 그럴 필요도 없었다.

그 흉물스러운 괴수가 가엾어 보일 정도로 압도적이었다.

닭수리들의 공격에 간간이 으르렁거리며 날 선 발톱을 휘둘러 보지만 그것도 잠깐, 지칠 대로 지쳐서는 가쁜 숨만 토해 댄다.

그런 끝에 암탉수리가 괴수의 양어깨를 두 발로 움켜쥔다 싶더니 크게 날갯짓을 하며 무서운 속도로 날아오르기 시작했다. 그리고 까마득하게 높아졌다 싶은 순간 날아오를 때보다도 더 빠른 속도로 떨어져 내렸다.

슈아아아아아—

그리해 지상에서 대략 열 장 정도의 거리를 남겨 뒀을 때, 대기를 찢어발기며 떨어져 내리던 그 속도 그대로 괴수를 내동댕이쳐 버렸다.

콰아아앙—

폭발음과 함께 마치 지진이라도 난 것처럼 땅이 울리고, 피어오른 흙먼지가 주위를 가득 덮는다.

그걸로 끝이었다.

흙먼지가 가라앉고 맑아진 시야 속으로, 폭약이라도 터진 것처럼 움푹 팬 그곳에 처참하게 구겨진 괴수가 보였다.

그런데 그것은 놀랍게도 더 이상 괴수의 모습이 아니었

다. 처참하게 구겨져 있었지만, 그것은 분명 늑대였다. 아니, 정확히 말하자면 조금 전의 그 흉물스럽던 모습에서는 도저히 상상할 수 없는, 이제 겨우 삼 개월이나 되었을까 싶은 새끼 늑대였다.

그 기괴한 광경에 황당해하는 그때, 죽은 새끼 늑대의 입에서 뭔가가 툭 흘러나왔다.

어딘지 낯익은, 붉고 신비로운, 하지만 그가 알던 것보다는 훨씬 작은…….

그런데 새끼 늑대의 입에서 그것이 흘러나오자마자 암탉수리가 대뜸 그것을 주워 먹으려고 했다. 그 광경을 보고 루하가 기겁해서 외쳤다.

"안 돼! 먹지 마! 니들도 저렇게 될지도 모른다고!"

다행히 늦지 않았다. 루하의 말에 암탉수리가 즉각적으로 반응하며 먹으려던 것을 멈췄다. 그사이 부리나케 달려간 루하가 단숨에 붉은 돌을 낚아챘다.

그 순간 반사적으로 떠올리는 생각.

"이거 정말…… 강시의 내단 아냐?"

물론 크기는 강시의 것보다 훨씬 작다. 뿜어 나오는 기운도 강시의 것에 비해 미약하다. 그럼에도 그 차가우면서도 섬뜩한 느낌만큼은 분명 강시의 내단과 같은 것이었다.

*　　*　　*

"강시의 내단이 맞는 것 같아."

아니나 다를까, 꼬리 표행단을 마치고 돌아온 후 사흘 동안 붉은 돌을 살핀 설란이 그렇게 결론을 내렸다.

루하가 크게 고개를 끄덕였다.

"그치? 내 그럴 줄 알았다니까. 느낌이 딱 강시의 내단이랑 똑같더라고. 근데…… 강시의 내단이 뭐가 이렇게 작아? 이게 왜 새끼 늑대한테서 나온 거야? 그 새끼 늑대는 또 왜 그런 모습이 된 거고?"

질문이 쏟아졌다.

그만큼 지금 쌓아 둔 의문들이 많았다.

루하의 질문에 잠시 생각을 정리하는 듯하던 설란이 입을 뗐다.

"사실은 그렇잖아도 의심스럽던 게 하나 있었어."

"의심스럽던 거?"

"각지에서 기괴한 짐승들의 출몰이 잦아졌다는 소식을 들었을 때부터 가졌던 의심인데…… 그 시기가 너무 공교롭더라고."

"시기……라면?"

"정체 모를 괴수로 인한 피해 사례가 처음 발생했던 날이랑 무림맹이 강시 사냥에 처음으로 성공한 날이랑 절묘하게도 딱 맞아떨어졌어.”

“그래서?”

“그리고 이게 강시의 내단인 것도 분명하고. 내단 자체가 같은 성질을 가지고 있는 것도 그렇지만, 실제로 괴수로 인한 인명 피해 사례들을 살펴보면 피해를 당한 건 무림인이거나 먼저 살수를 드러낸 사냥꾼들뿐이야. 일반 사람들의 피해 사례는 일절 보고되지 않은 거지. 그러니까 성질뿐만 아니라 성향까지도 강시와 같은 거야.”

“그러니까 그래서?”

“그러니까 이게 강시에게서 나온 게 확실하고 무림맹의 강시 사냥과도 무관하지 않다면, 생각할 수 있는 건 하나뿐이잖아. 무림맹이 강시를 사냥할 때 강시가 폭발하면서 폭죽처럼 천지 사방으로 퍼져 나가는 붉은 빛줄기가 바로 이 내단의 조각이라는 거지. 그렇게 퍼져 나간 내단의 조각을 산짐승들이 먹고 괴수로 변한 거고.”

쟁천표국의 표행에서처럼 무림맹의 강시 토벌에도 같이 따라 움직이는 구경꾼들이 속속 늘고 있었다. 그들의 입을 통해 전해진 말은 무림맹의 강시 사냥은 쟁천표국의 것과는 달리 더럽게 지루하다는 것이었다.

짧게는 반나절, 길게는 하루가 꼬박 걸릴 때도 있다고 했다. 그리고 거기에는 당연하게도 사냥의 끝에 폭죽처럼 터지며 사방으로 흩뿌려지는 붉은 빛줄기에 대한 이야기도 있었다.

사실 그 부분에 대해서는 루하도 일찍부터 궁금했던 참이었다.

"대체 왜 그런 거야? 왜 우리가 잡을 때는 그냥 사라지는데 무림맹이 잡을 때는 폭발을 일으키는 거야?"

"정확한 이유야 나도 몰라. 다만…… 추측은 할 수 있어."

"어떤?"

"잡는 시간의 문제이지 않을까? 무림맹과 우리의 차이라면 결국 그 차이뿐이니까. 그리고 시간의 차이라고 한다면 생각할 수 있는 건 폭주겠지."

"폭주?"

"우리야 단숨에 잡아 버리니까 그럴 틈이 없는데, 무림맹이 사냥할 때처럼 오랜 시간 지속적으로 위협을 받는 상태에서 강시가 생존을 위해 내단의 능력을 억지로 끌어내려다 보니 과부하가 일어나는 게 아닐까? 그것이 결국 폭주로 이어져서 그런 폭발이 일어나는 거고. 쉽게 말해 일종의 주화입마 상태? 뭐, 이건 어디까지나 내 추측일 뿐이고……. 아무튼 강시의 내단 조각을 먹고 짐승들이 그렇게 변한 게 맞는다면 닭수리가 이걸 먹지 못하게 막은 건 정말 잘한 일이야. 닭수리도 그런 흉측한 괴물로 변했을지도 모르니까."

그 말을 듣고 보니 새삼 섬뜩해진다.

"야…… 그거 안심할 때가 아니지 않아?"

"왜?"

"내단의 조각이 그 정도면 그걸 통째로 흡수한 나는 어떻게 되는 거야? 나도 나중에 그런 괴물로 변하는 거 아냐?"

"조화지기가 단단히 봉인해 버렸는데 무슨 걱정이니? 게다가 사람의 몸은 그렇게 쉽게 변하지 않아. 미물이랑 사람의 신체는 그릇 자체가 다르니까. 인체를 괜히 소우주라고 부르겠어? 그만큼 완전하고 완성된 상태라는 거야. 실제로 우연히 영물을 먹고 모습이 변형된 짐승의 예는 고사에도 더러 나오지만, 사람은 그렇지가 않거든. 내공이 증진되거나 극히 드물게는 환골탈태의 대기연을 이루거나, 그게 아니면 아예 목숨을 잃거나……."

그 가장 대표적인 예가 바로 루하였다.

"아무튼 지금 중요한 건 그게 아냐. 중요한 건 무림맹이 이런 식으로 계속 강시 사냥을 한다면 그런 괴수들의 수가 기하급수적으로 늘 거라는 거야. 아무리 일반 사람들에겐 해를 끼치지 않는다고 해도 그 개체 수가 급격히 늘어서 온 천지에 난무한다고 생각해 봐. 그게 지옥이나 뭐가 다르겠어? 아니, 일반 사람들에게 해를 끼치지 않는다고 확신할 수도 없어. 어떤 동물을 숙주로 삼느냐에 따라 그 습성이 천만 가지 형태로 나타날 테니까."

절로 상상이 된다.

그건 사람이 사는 세상이 아니라 괴수가 사는 세상에 사람이 더부살이를 하는 것 같은 살벌한 풍경이었다. 설란의 말대로 그야말로 지옥도나 다름없었다.

문득 궁금해서 물었다.

"만일 그걸 나처럼 사람이 먹으면?"

아직 그 사례가 보고되진 않고 있지만, 천지 사방으로 퍼져 나간 내단의 조각을 짐승보다 사람이 먼저 발견할 수도 있는 일이었다.

"음…… 그게 무림인이라면, 워낙에 잘게 부수어진 상태라 별 부작용은 없을 거야. 아니, 어쩌면 약간의 내공 증진까지도 기대할 수 있을지 모르지. 하지만 그렇지 않은 사람이 그걸 먹는다면…… 필경 참혹한 죽음을 맞게 될 거야. 이건 영물의 내단이 아니라 요사스럽고 흉험하기 그지없는 강시의 내단이니까. 그러니까 이대로 두면 안 돼. 이대로 뒀다가는 백 구의 강시가 날뛰는 것과는 비교도 안 될 만큼 세상이 끔찍해질 거야. 무림맹을 막아야 해. 그들이 이대로 계속 강시 사냥을 하게 두어서는 절대로 안 돼."

"아 놔, 진짜. 무림맹 이것들은 왜 이렇게 사고를 쳐 대는 거야! 전에는 표마원으로 세상 시끄럽게 만들더니 이젠 강시 사냥으로 또 민폐를 끼치고, 뭐 이런 사고뭉치가 다 있어?"

그런 것도 모르고 무림맹의 강시 사냥에 좋아라 박수를 쳐 대는 세상 사람들의 무지도 참 한심하기 짝이 없다.

하지만 그것은 곧이어 터질 사고에 비하면 아무것도 아니었다.

루하가 강시 사냥의 폐해를 세상에 알릴 새도 없이, 그로부터 불과 이틀 만에 무림맹이 아주 제대로 사고를 쳤다.

그리고 그 역시 발단은 강시 사냥에서 비롯되었다.

*　　*　　*

"엇! 강시가 도망간다!"

"제일 대 화뇌서합(火雷噬嗑)으로 문을 닫는다! 제이 대는 천택리(天澤履)로 후방을 막고, 제삼 대는 천화동인(天火同人)으로 일 대와 이 대를 돕는다!"

진법을 지휘하는 자양진인의 목소리가 오늘따라 유난히

바쁘게 들렸다. 딱 그만큼 토벌대의 진세도 숨 가쁘게 돌아갔다.

그럴 만도 했다.

이번 강시는 유난히 끈질겼다.

벌써 하루 반나절이 지났는데도 활 맞은 멧돼지처럼 사방으로 날뛰며 마지막 발악을 멈추지 않는다.

지금이야 강시 사냥에 제법 익숙해지기도 했고 힘 배분도 적절히 할 수 있게 되었지만, 만일 이 강시를 제일 처음에 만났더라면 정말이지 위험할 뻔했다.

그간 겪었던 여러 차례의 경험들 덕분에 예기치 못한 거센 저항에도 능숙하게 버텨 내는 토벌대다.

그리해 이 지루했던 사냥도 이제 그 끝이 보이고 있었다.

"제사 대 풍천소축(風天小畜), 제오 대 화천대유(火天大有), 제육 대 풍수환(風水渙), 제칠 대 천뢰무망(天雷无妄)!"

거대한 진세가 장엄한 위용을 발휘하며 강시를 찍어 누르는 가운데, 자양진인의 마지막 일갈이 터졌다.

"육십사괘대천성멸진(六十四卦大天星滅陳)!"

이윽고 항마팔신장이 강시를 향해 달려들었다.

다른 강시보다 월등히 끈질기고 기력이 강했지만, 그래서 토벌대를 지금까지 중에서 가장 힘들게 만들었지만, 그 최후는 지금까지의 강시와 크게 다르지 않았다.

마지막 한 줌의 기력마저 토한 후,

털썩—

쓰러지듯 무릎을 꿇고 땅에 웅크린다.

부르르르르—

학질에라도 걸린 듯 극심한 경련을 일으키는 강시의 몸에서 아지랑이 같은 붉은 기운이 스멀스멀 피어오르고,

"끄아아아아악!"

소름 끼치도록 날카롭고 섬뜩한 비명을 토해 낸다.

그다음은 폭발과 폭죽이었다.

아니, 그래야 했다.

지금까지는 늘 그래 왔으니까.

그런데 이번엔 달랐다.

"……?"

아지랑이처럼 피어오른 붉은 기운이 점점 더 선명해지더니 아예 강시의 온몸을 뒤덮다시피 해 버린다. 그로 인해 이 순간 강시의 몸은 붉고 큰 공처럼 보일 정도였는데, 거기에서 뿜어져 나오는 한기(寒氣)와 사기(邪氣)가 어찌나 강렬한지 강시를 에워싼 토벌대가 저도 모르게 주춤주춤 뒤로 물러날 정도였다.

바로 그때였다.

강시의 몸을 감싸고 있던 붉은 기운이 돌연 급격히 열어

지고 있었다. 아니, 강시의 몸속으로 빨려 들어가고 있었다. 그리해 눈 깜짝할 사이 거짓말처럼 말끔히 사라져 버렸다.

하지만 붉은 기운이 모두 사라져 버렸는데도 처음의 강렬한 한기와 사기는 조금도 사라지지 않고 남아 있었다.

꿀꺽—

누군가 저도 모르게 마른침을 삼켰다.

또 누군가는 검을 든 손에 쥐가 나도록 힘을 주었다.

그렇게 섬뜩한 정적 속에 불길한 긴장이 스멀거린다.

그 속에서 마치 바위처럼 굳어 있던 강시가 머리를 들었다.

"크르르르……."

"……!"

달라졌다.

거기에 있는 것은 회색 동공이 아니었다.

짙고 짙어서 더할 수 없이 붉은 적안(赤眼)이었다.

"으음……."

그 붉은 적안에서 뿜어져 나오는 지독한 사기(邪氣)에 자양진인조차 무거운 침음성을 흘렸다.

그러나 마음에 들어차는 불쾌하고 불길한 느낌을 바로 떨쳐 냈다.

지금은 멍하니 있을 때가 아니었다.

강시가 살아 있다.

그렇다면 다시 강시를 죽이면 되는 일.

그리해 다시 한 번 항마팔신장에게 공격 명령을 내렸다.

그 즉시 항마팔신장이 강시를 덮치며 항마팔성기를 내질렀다.

그런데,

까가가가가강—

'뭐?'

'서걱' 이 아니었다.

지금까지와는 달리 항마팔성기가 전혀 먹히지 않았다. 오히려 급격히 밀려드는 반발력에 공격했던 항마팔신장의 신형이 크게 휘청이며 튕겨졌다.

그 직후,

"크아아아아앙!"

마지막 한 톨의 기력조차 모조리 토해 내며 쓰러졌던 강시가 어디서 그런 힘이 났는지 세상이 떠나갈 듯 쩌렁쩌렁한 포효성을 질렀다.

그야말로 산천초목이 떨어 울렸다.

아니, 그 정도가 아니었다. 그것은 그대로 사자후가 되어 토벌대를 덮쳤다. 그 가공할 만한 음파에 내공이 깊은 자들은 주춤주춤 두어 걸음을 물러났고, 내공이 얕은 자들은 진탕되는 기혈에 중심을 잃고 비틀거리다 이내 피를 토하기까지 했다.

'이게 무슨……!'

그 터무니없는 광경에 자양진인이 경악해하는 그때, 강시가 무너진 진세를 단숨에 건너뛰어 그를 향해 덮쳐 왔다.

자양진인도 가만히 있지만은 않았다.

인정하기 싫은 공포가 등골을 서늘하게 했지만, 이를 악물어 그것을 떨쳐 버리고는 자신의 애검 벽송(碧松)을 들어 올렸다.

이윽고 강시를 향해 그 벽송을 떨쳤다.

그리해 벽송이 빚어내는 검강과 강시의 주먹이 만들어 내는 권풍이 충돌했다.

콰콰콰콰콰콰—

폭풍우처럼 휘몰아치는 강기의 소용돌이에 바람은 날뛰고 대기가 들끓는다.

놀랍게도 그 속에서 현철중검으로 만들어진 벽송이 강시의 권풍에 바스러지기 시작했다. 마치 모래성이 부서지듯 스르르 산화되어 흩어진다.

벽송만이 아니었다. 벽송을 쥔 손도, 이어진 팔도, 그리고 곤륜파 장문인 자양진인의 존재마저도 그렇게 흩어졌다.

"이, 이 괴물이!"

"죽엇!"

거기에 놀란 항마팔신장이 살기를 터트리며 맹렬히 강시를 공격했다. 그때 다시 강시가 주먹을 떨쳤다.

이윽고 자양진인을 바스러트렸던 권풍이 항마팔신장을 덮쳐갔다.

하지만 그들은 자양진인과는 달랐다.

아니, 다른 것은 그들이 아니라 항마팔성기다.

권풍에 바스러진 벽송과는 달리 그들이 손에 든 만년한철은 희대의 신병이기답게 권풍마저도 갈라 버린 것이었다.

그러나 그것이 더 강시를 자극했다.

"크아아아아아앙!"

한층 더 사나운 포효성을 터트린 강시가 더욱 흉포해진 살성을 드러내며 항마팔신장을 덮쳤다.

막을 수 없었다.

권풍은 갈랐지만 몇 겹은 더 단단해진 듯한 강시의 몸에는 전혀 통하지 않는 항마팔성기였다. 그걸로는 미쳐 날뛰는 강시의 그 흉포한 살성을 막아 내기에 너무도 무기력했다.

콰콰콰콰콰—

종이짝 찢기듯 항마팔신장 중 한 명의 몸이 찢겨 나갔다.

콰앙—

항마팔신장 중 또 한 명의 몸이 폭죽이 터지듯 터졌다.

이어진 것은 그저 죽음과 절망뿐이었다.

남은 항마팔신장에게도. 그리고 삼백 명의 토벌대에게도.

땅이 뒤집어졌다.

산이 부서졌다.

그 속에서 살아 있는 모든 것들이 갈기갈기 찢겨 짓이겨졌다.

그럼에도 강시는 멈추지 않았다.

눈에 보이는 살아 있는 모든 것들이 사라지자 오히려 더 미쳐 날뛰고 있었다.

그랬다.

지금 강시는 폭주하고 있었다.

온몸에 넘쳐흐르는 힘을 주체하지 못해서.

연유를 알 수 없는 맹목적이고도 무분별한 살의를 주체하지 못해서.

그리해 달렸다.

온몸에 넘쳐흐르는 이 용암 같은 힘을 분출할 수 있는 곳을 향해.

타는 갈증으로 심장을 태우는 이 지독한 살의를 식힐 수 있는 곳으로.

그렇게 강시가 달려가는 곳은 기련산(祁連山) 아래의 민가였다.

第十章

쟁천표국 강시 진압대

감숙성에서부터 경악할 만한 소식이 세상에 전해졌다.

자양진인을 비롯해서 무림맹 토벌대가 강시 사냥에 실패해서 전멸을 당했다는 것, 그리고 그로 인해 폭주한 강시가 기련산 일대를 쑥대밭으로 만들었다는 것이다.

폭주한 강시는 기존의 강시와는 달리 무림인이고 민간인이고 할 것 없이 닥치는 대로 살육을 자행했고, 그리해 기련산에서부터 장액(張掖), 민악(民樂), 백은(白銀)에 이르기까지 무려 일만 명이 넘는 사람이 강시의 손에 목숨을 잃었다는 것이었다.

그 참담한 소식은 당연히 루하에게도 들어갔다.

"아 놔 진짜, 대체 무림맹 이것들은 또 무슨 사고를 친 거야? 강시가 폭주했다는 건 또 뭐고? 강시란 게 무림인들만 공격하는 거 아녔어?"

루하가 답답해하며 물었지만 설란도 딱히 어찌 된 영문인지 아는 게 없기는 마찬가지였다. 다만,

"강시가 가진 살성을 생각하면 지금까지 무림인들만 공격한 게 오히려 이상한 일이었어. 강시란 건 태생부터가 살육과 파괴만을 위해 존재하는 괴물이니까."

"근데 왜 지금까진 무림인만 공격한 거야?"

"어떤 금제가 있었겠지. 그리고 폭주로 인해 그 금제가 풀린 거고. 모르긴 몰라도 한번 금제가 풀려 버린 이상 다시 원래대로는 돌아가지 않을 거야."

"그럼 이대로 민가의 피해가 계속될 거라는 거야?"

"아마도. 그래도 한 가지 다행인 건 관에서도 사태의 심각성을 인식하고 성도 난주로 오만의 군대를 보냈다는 거지."

"겨우 그걸로 막아질 리가 없잖아?"

오만의 대군을 어찌 '겨우'라 할까마는, 상대가 강시였다. 발치에 걸리는 모든 것을 멸하며 달려가는 그 가공할 만한 괴물을 막아 내기에는 오만의 군대로도 부족해 보이

는 것이 사실이었다.

"근데 그 강시 말이야, 그거 좀 비정상적으로 강한 거 아냐?"

여덟 자루의 만년한철 무기를 가지고 강시 토벌의 선봉에 섰던 무림맹 토벌대였다. 비록 쟁천표국만큼 간단히 사냥을 끝내지는 못했지만, 수차례의 성공으로 경험까지 쌓은 그들을 일거에 몰살시켰다는 것이 선뜻 납득되지 않았다.

"그거 혹시…… 그 여자 강시랑 같은 부류 아냐?"

"같은 부류라면? 내단을 흡수한 거 아니냐고?"

"어디까지나 여자 강시가 그렇게 강한 게 내단을 흡수해서라는 가정하에서지만, 어쨌든 비슷한 거 아닐까?"

물론 여자 강시와는 다른 점이 더 많았다.

보는 이들의 오금을 저리게 만들 만큼 시뻘건 혈광을 뿌린다는 감숙의 강시와는 달리, 여자 강시는 거의 정상인의 동공을 가지고 있었을뿐더러 이지(理智)도 가지고 있었고 폭주도 하지 않았다. 그것만 보면 결코 같은 부류로 묶을 수 없는 것임에도 불구하고 설란은 루하의 말을 부정하지 않았다.

"어쩌면 그럴지도."

사실 토벌대와 강시의 소식을 처음 들었을 때부터 그녀

도 루하와 똑같은 의심을 하고 있었다.

물론 두 강시는 확연히 다른 차이점이 있었다.

하지만 강시의 내단이 강시에게 어떠한 작용을 하는지 아직 밝혀진 게 아무것도 없었다. 그렇다는 것은 그것을 흡수했을 때 강시들이 어떤 변화를 일으키는지, 같은 형태일지 아니면 강시마다 각기 다른 형태로 발현되는지, 그조차 확실하게 밝혀진 게 아무것도 없는 것이다.

그에 반해 두 강시에게는 뚜렷한 차이점만큼이나 분명한 공통점이 한 가지 있었다.

지금까지 나타난 그 어떤 강시보다 강하다는 것.

단지 강한 정도가 아니다.

호랑이와 고양이를 한데 묶을 수 없는 것처럼 다른 강시들과는 마치 다른 존재인 것처럼 힘의 차이가 월등했다.

그것만으로도 루하의 가정을, 그리고 그녀의 의심을 뒷받침해 주기에 충분한 근거가 된다.

"이러다 정말 온통 그런 괴물 강시 천지가 되는 거 아냐? 괴수들 천지가 될까 봐 걱정했더니 이건 뭐 갈수록 태산이잖아?"

더 기가 찰 노릇은 괴수를 만들어 낸 것도, 폭주 강시를 만들어 낸 것도 결국 무림맹이라는 사실이다.

'뭐, 나도 여자 강시를 깨운 것 같긴 하지만…….'

그렇다고 해도 적어도 그 여자 강시는 아직 세상에 해를 끼친 적은 없지 않은가? 아니, 녹림십팔채의 하나인 군웅일왕채를 없앴으니 오히려 세상을 이롭게 했다고 해도 크게 틀린 말이 아니었다.

그런 여자 강시에 비해 무림맹으로 인해 깨어난 폭주 강시는 그야말로 세상을 해롭게 하고 있었다. 듣기로는 폭주 강시에게 죽은 자가 일만 삼천 명이라고 했다. 만일 오만 대군으로도 폭주 강시를 막지 못하면 사상자는 기하급수적으로 늘어날 것이 분명했다.

"정말이지 어디까지 민폐를 끼치려는 건지……."

루하가 한심하다는 듯 혀까지 끗끗 찬다.

"그냥 구대문파로만 있었으면 얼마나 좋았겠냐고. 고고하고 멋지고. 나한테도 구대문파는 경외의 대상! 존경과 흠모의 상징! 뭐 그런 거였단 말이지."

그랬던 구대문파인데, 괜히 돈 욕심에 무림맹 같은 걸 만들어서는 이게 다 무슨 민폐인지 모르겠다.

"진짜 애물단지도 이런 애물단지가 없지. 아무튼 그래서 무림맹은 어쩐대? 설마 사고는 지들이 쳤으면서 수습은 군대한테만 맡겨 두는 건 아니겠지?"

"무림맹 삼천 고수들을 난주로 급파했다는 소식은 들었어."

"삼천?"

"응. 거기다 따로 무림 전역에 공문을 띄워서 속가제자들을 모집하고 있고."

충분해 보이지는 않지만 그렇다고 적은 숫자는 아니다.

오만의 군대보다는 그래도 믿음이 가지만 그 미쳐 날뛰는 강시를 상대로 머릿수라는 게 의미가 있긴 할까 싶다.

"만일 그걸로 못 막으면?"

"막아야지, 어떻게든. 그러지 못하면 그 어떤 전란보다도 더 무서운 재앙으로 역사에 기록될 테니까."

*　*　*

오만의 군대와 삼천의 무림맹 고수, 그리고 각 지역에서 차출된 구대문파의 속가제자들 일만 이천이 성도 난주로 모였다.

한 곳에 정착하는 강시의 습성 때문인지 아직 감숙성에서만 무자비한 혈겁을 일으키고 있지만, 그게 과연 언제까지 갈지는 알 수 없는 노릇. 파괴하다 파괴하다 더는 파괴할 것이 없어지면, 그 피와 죽음의 불길이 다른 성으로 옮겨가지 않으리란 보장이 없다.

그리해 난주는 강시를 막기 위한 최후의 보루였다.

·

난주가 무너지면 섬서가 열리고, 섬서가 열리면 중원 전체가 혈난에 휩싸일 수도 있다는 위기감으로 총인원 육만 오천의 병력이 성벽 앞에 겹겹이 인해 장막을 쳤다. 그렇게 배수의 진으로 폭주 강시의 앞을 막아섰다.

하지만 결과는 참담했다.

"뭐? 난주도 무너졌다고? 육만 오천 명이 배수의 진을 쳤는데도?"

"배수의 진이고 뭐고 무림맹 고수들조차 강시가 내지르는 주먹의 풍압에 우후죽순으로 나가떨어졌다는데, 뭐. 너나 할 거 없이 도망가기 바빴대."

오히려 예상과는 달리 무림인들보다 군사 오만의 활약이 더 돋보였다고 한다.

무림맹의 고수들조차 강시 앞에서는 추풍낙엽 신세를 면치 못했는데, 놀랍게도 크고 두꺼운 돌 방패를 앞세운 오만 대군은 보름이 넘도록 강시의 발을 묶었다는 것이었다.

"오만의 군사 중에 설마 백령석(白靈石)으로 무장한 부대가 끼어 있을 거라고는 정말 상상도 못 했어."

"백령석이란 게 뭔데?"

"저 멀리 남만에서 나는 희귀한 돌인데 삿된 기운을 막고 횡액을 쫓아낸다고 해서 그쪽에서는 행운의 부적처럼 사용되는 거야."

"삿된 기운을 막는 부적?"

"그쪽에서는 그렇게 여기고 있지만 사실 그건 사기를 막고 횡액을 쫓는 게 아니라, 단순히 기를 감쇠시키는 성질을 가지고 있는 것뿐이야. 워낙에 희귀한 물건이라 구하기가 정말 힘든 건데, 황실은 그 귀한 백령석으로 무려 이천 명의 방패 부대를 만들어 두었던 거지."

그 용도야 뻔하다.

대무림인용.

아무리 무림과 관이 상호 불가침의 묵계를 지키고 있다고 하더라도, 황실에 있어서 무림은 언제든 그들의 권좌를 위협하는 큰 위험일 수밖에 없는 것이다.

"그 정도 양의 백령석이라면 아마도 수대에 걸쳐서 모았을 게 틀림없어."

대무림인용으로 수대에 걸쳐서 비밀리에 만든 방패 부대를 엉뚱하게도 강시한테 첫 시험한 것이다.

그로 인해 방패 부대의 효용 가치는 확실하게 증명이 되었다.

하지만 그래 봤자 보름이었다.

선봉에 섰던 방패 부대가 강시의 압도적인 힘을 이겨 내지 못하고 끝내 밀려나자, 뒤를 받치던 오만 대군도 속절없이 무너졌다.

그런 중에도 자신들의 사명을 다하기 위해 혹시라도 중원으로 향할지 모르는 강시의 발길을 국경 밖 북방으로라도 틀어 보고자 갖은 애를 다 썼지만, 오히려 그러면 그럴수록 강시의 포악성은 더 강해져서 무참한 죽음들만 늘어날 뿐이었다.

그리해 난주가 무너졌고 난주를 넘은 강시는 더욱 기세를 올려서 감숙성을 아예 초토화시키고 있었다.

그렇게 눈에 띄는 것들을, 존재하는 모든 것들을 파괴했다.

아무도 막을 수 없었다.

더는 속수무책이었다.

관에선 오만의 군사 중 살아남은 이만에 팔만을 더해서 십만의 군사를 다시 보냈고, 무림맹 또한 중구난방 흩어진 무림인들을 재정비해서 강시를 쫓았지만 거기에 기대를 거는 자는 이제 아무도 없었다.

오만, 십만으로는 어림도 없을 것 같았다.

아니, 백만 대군이 모조리 동원되어도 강시의 폭주를 멈추지는 못할 것 같았다.

이제 무림맹에는 아예 기대조차 하지 않았다.

기대는커녕 서서히 원망과 질책의 목소리마저 터져 나오

고 있었다.

'뭐? 이 땅에 존재하는 모든 강시를 멸해 세상을 구하겠다고? 흥! 개풀 뜯어 먹는 소리 하고 앉았네. 애초에 능력도 안 되면 국으로 가만히 있기나 할 것이지, 왜 강시는 잡겠다고 설쳐서 이런 사달을 만들어, 만들긴!'

그러나 원망을 하고 책임 추궁을 한다고 달라지는 건 아무것도 없다. 남 탓을 하며 분노를 터트려 본들 불안과 절망만 더 커질 뿐이었다.

그렇게 걷잡을 수 없는 공포 속에서 암담한 절망이 역병처럼 번져 가는 가운데, 사람들은 이 암울한 상황을 타개해 줄 희망 하나를 찾았다.

무림맹의 활약으로 관심에서 조금 밀쳐 둔, 하지만 지금 생각하면 그전에도 유일무이했고 지금도 유일무이한, 그리고 앞으로도 단 하나의 희망일 그 이름.

삼절표랑 정루하, 그리고 쟁천표국.

어쩌면 삼절표랑이라면 강시의 폭주마저도 막아 낼 수 있지 않을까?

백만의 군대로도 막을 수 없을 것 같은 강시지만, 쟁천표국이라면 어쩌면 가능할 수도 있지 않을까?

그렇게 세상의 눈이, 그 절박한 희망이 루하의 쟁천표국을 향하고 있을 때 루하는 뜻밖의 손님을 맞고 있었다.

일자로 굳게 다문 입매엔 고집이 있고, 짙고 두터운 은회색 눈썹은 까다롭고 융통성 없으며 고루하다.

머리카락 한 올 없는 깨끗한 이마에 아홉 개의 계인이 찍힌 노선사.

'소림 장문인 광현…….'

루하는 자신의 앞에 앉은 광현을 보며 아직도 얼떨떨한 얼굴을 하고 있었다.

아무리 지금 자신의 위치가 광현에 비해 꿀릴 것 하나 없는 위치라고 해도, 지위니 명성이니 그런 것을 떠나서 소림 장문인이란 존재는 누구에게나 그렇듯 그에게도 특별한 느낌으로 다가올 수밖에 없었다.

소림 장문인이라면 늘 이야기 속에서 상상으로만 그렸던 인물이다.

물론 이야기마다 각기 다른 사람이었다.

사는 시대도 달랐고 이름도 달랐다.

하지만 루하에게는 그냥 다 소림 장문인일 뿐이었다.

그런 존재였다.

이름이 무엇이고 어떠한 사람인지는 상관없이 소림 장문인이라는 것만으로도 그저 경외인, 그래서 이렇게 마주하고 앉아 있는 것이 마냥 신기하기도 하고 조금 설레기도 하는…….

하지만 그런 감상에 젖어 있기에 이 뜻밖의 방문은 너무 속이 뻔히 드러나 보이는 것이었다. 그리고 그 뻔한 속이 루하는 정말이지 탐탁지 않았다. 그냥 이대로 이 자리를 박차고 일어서고 싶은 심정이었다.

그때 광현이,

"소승이 이렇듯 정 시주를 찾아뵈온 이유는……."

묻지도 않았는데 그렇게 먼저 입을 연다.

그가 무슨 말을 하려는지는 굳이 듣지 않아도 안다.

찾아온 자가 먼저 입을 열 때는 화를 토하거나 아니면 아쉬운 소리를 할 때니까.

생면부지에 이렇게 직접 찾아와서 화를 토할 만큼 소림 장문인이 그렇게 가벼운 인물은 아닐 테고 그렇다면 아쉬운 소리를 하러 왔다는 건데 지금 소림 장문인이, 아니, 무림맹 맹주가 자신을 찾아와서 아쉬운 소리를 해야 하는 일이란 건 백 번을 생각한들 딱 하나뿐인 것이다.

"저 미쳐 날뛰는 강시 좀 잡아 달라는 겁니까?"

루하가 사뭇 거친 말투로 말을 끊자 일시 간 광현의 미간이 꿈틀했지만 그것도 잠시, 차분한 목소리로 답했다.

"난주의 소식을 들어서 아시겠지만, 이미 혼자의 힘으로 잡을 수 있는 강시가 아니외다. 그 악귀로부터 세상을 구하고자 군사 삼만에 속가제자를 포함한 무림맹 고수 이천오백이 목숨을 잃었소이다. 이에 무림맹은 구대문파의 제자들 외에도 명망 높은 각대문파를 비롯해서 각 성의 군소방파들 모두에 총동원령을 내릴 예정이외다. 소승이 이렇듯 정 시주를 찾아온 것도 그와 같은 취지에서올시다. 정 시주, 무림맹에 힘을 보태 주시오. 정 시주께서 뜻을 같이해주신다면 무림맹으로서는 크게 도움이 될 것이외다."

강시를 잡아 달라는 것이 아니라 어디까지나 무림맹이 하고자 하는 일에 힘을 보태어 달라는 것임을 거듭 강조한다.

'사람이 이렇게도 죽어 나갔는데 아직도 자존심은 챙기시겠다?'

사태를 이 지경으로 만들어 놓은 원흉인 주제에 참 뻔뻔하기도 하다.

심지어 그게 다가 아니었다.

광현의 뒤를 잇는 목소리의 주인은 낯가죽이 더 두꺼웠다.

"중원 무림이 걷잡을 수 없는 위험에 빠졌는데, 중원에서 나고 자란 이상 정 국주도 마땅히 힘을 보태야 하는 일이 아니겠소?"

루하의 시선이 광현의 옆, 한껏 오만한 표정을 하고 있는 사내를 향했다.

형산파 장문인 여문기(呂門寄)였다.

“물론 그렇다고 쟁천표국 표사들의 목숨까지 걸어 주길 바라는 것은 아니오. 표사들 목숨 몇으로 달라질 판도 아니고. 그러니 선봉에 설 필요도 없소. 아니, 내키지 않는다면 굳이 참전을 하지 않아도 되오. 무기만 빌려주시오. 그 뒤는 본 맹이 다 알아서 할 것이니.”

여문기에 대해서는 그다지 들어 본 적이 없는 루하였지만, 그 말투와 태도만 보아도 대강 어떤 부류의 인간인지는 충분히 알 것 같았다.

삼절표랑의 그 높은 명성에도 불구하고 구대문파의 장문인이라는 허울에 취해 고루한 편견과 선입견으로 그가 자신을 얼마나 만만히 보는지도 알겠고, 무림맹보다도 높이 불리는 자신의 명성을 얼마나 고깝게 생각하고 있는지도 알겠다. 그리고 무기만 빌려 달라는 그 속내도 빤히 보였다.

‘우리한테 공을 가로채이고 싶지 않은 거겠지.’

목숨까지 걸길 바라지는 않는다느니 선봉에 설 필요는 없다느니, 말은 그럴듯했지만 선봉 자리는 애초에 내어 줄 생각조차 없었던 것이 분명했다.

가뜩이나 무림맹을 향하는 민심에 날이 서 있었다.

그 날 선 민심은 갈수록 예민해지고 신경질적으로 변하고 있었다.

확실한 공을 세워 민심을 돌려세워야 했다.

지금까지의 실책을 만회하지 못하면, 무림맹은 어쩌면 치욕으로 점철된 짧은 일기를 마치고 문을 닫아야 하는 최악의 상황으로까지 내몰리게 될 수도 있었다.

그런 상황에서 쟁천표국이 선봉에 선다면, 그리해 큰 공을 세우기라도 한다면 무림맹은 돌아선 민심을 되돌릴 마지막 기회마저 잃게 되는 것이다.

그러니 쟁천표국은 나서면 안 된다.

강시를 막기 위해 무기는 얻되 쟁천표국은 전장에서 철저히 고립시켜야 한다.

'그 참에 지들이 힘들게 구한 무기와 내 무기가 어떤 차이가 있는지도 알아볼 생각이겠지. 분명 같은 만년한철일 텐데 대체 어떤 비밀이 숨겨져 있길래 강시를 상대로 그렇게나 성능 차이가 나는지, 그동안 아주 궁금해서 미쳐 돌아가실 지경이었을 테니까.'

그들의 그 뻔한 속내가 참 가소롭기도 하고 한심하기도 했다.

'그렇게 잘난 체하며 설쳐 대다가 이런 사고를 쳤으면, 먼저 성심성의껏 사과부터 하고 사태를 수습하는 데 전심

전력을 다 해야 하는 거 아니냔 말이지. 이런 와중에도 자기들 잇속 챙기기에 바빠서 같잖은 잔머리나 굴려 대는 꼴이라니…….'

지금 눈앞에 있는 자가 소림 장문인만 아니었다면 벌써 이 자리에서 내쫓아 버렸을 것이다. 아니, 이 년 전만 같았어도 상대가 누구든 간에 그가 먼저 자리를 박차고 나가 버렸을 것이다.

하지만 루하에게 있어 이 년의 시간은 꽤 많은 것을 바꿔 놓은 시간이었다.

이제 그는 자신의 위치를 명확히 알고 있었다.

자신의 어깨에 올려진 짐의 무게와 자신이 품은 세상의 크기도 안다.

그가 만든 그늘 아래 비를 피하고 땀을 식히는 이들이 귀하고 소중하다는 것도 안다.

그랬다.

평생 철들지 않을 것 같던 루하도 이젠 제법 성장을 한 것이었다.

그리해 루하는 그들의 그 터무니없고 뻔뻔한 요구에도 이제 제법 어른답게 대처를 했다.

"사안이 사안이니만큼 저 혼자서 결정할 수 있는 일은 아닌 것 같으니, 일단은 돌아들 가십시오. 어떻게 할지 표사분들과 상의를 해서 연락을 드리도록 하죠."

"지금은 여유를 부릴 때가 아님을 모르는 것이오? 한시가 시급한 때에 상의를 하고 말고 할 시간이 어디 있단 말이오!"

루하의 제법 어른다운 대처에도 발끈하고 나서는 여문기다. 그런 여문기를 광현이 제지했다.

"알겠소이다. 사안이 중대한 만큼 간단히 정할 수 있는 일은 아니겠지요. 허나…… 여기 여 장문인의 말씀대로 한시가 시급한 때입니다. 이러고 있는 중에도 시시각각 안타까운 목숨이 사라지고 있소이다. 그러니 더 많은 희생자가 생겨나지 않도록 되도록 빠른 결정을 부탁드리겠소이다."

그렇게 광현과 여문기는 돌아갔다.

"어쩔 거야?"

그들이 돌아가자 설란이 루하에게 물었다.

루하는 어떤 대답도 하지 않았다.

머릿속이 너무 복잡했다.

무림맹 때문은 아니었다.

그들이야 인정하지 않겠지만, 루하는 이미 그들이 하란다고 하고 하지 말란다고 안 할 정도의 위치가 아니었다.

루하의 고민은 무림맹이 아니라 그와 쟁천표국을 향하는

세상 사람들의 시선이었다.

그 역시 눈과 귀가 있다.

자신을 애타게 원하는 세상의 간절한 목소리를 어찌 못 들었겠는가.

그 절박한 시선을 어찌 보지 못했겠는가.

더구나 폭주 강시가 섬서로 들어오면 이곳 산서라고 안전하리라는 보장이 없다.

하지만 그럼에도 마음을 정하지 못하는 것은 그 역시 두렵기 때문이었다.

만일 정말 이 폭주 강시가 천중산에서 보았던 그 여자 강시와 같은 부류라면, 그래서 그 여자 강시만큼이나 강하다면 지금 자신의 힘으로 과연 막아 낼 수 있을지 장담할 수 없다. 아니, 솔직히 자신 없다. 그때의 그 공포가 뇌리에 생생해서 여자 강시를 떠올릴라치면 아직도 온몸이 다 경직될 지경이었다.

더구나 이번 일은 그 하나의 목숨으로 끝날 일도 아니었다.

그의 결정 여부에 따라서 표사들의 목숨도 같이 걸려 있었다.

'그래서 내가 그토록 내단을 흡수하려고 애를 썼던 건데…….'

이놈의 조화지기는 도무지 주인의 애타는 심정을 몰라준다.

루하가 그렇게 좀처럼 결정을 내리지 못하고 고민과 갈등을 거듭하고 있는 사이에도 감숙의 상황은 점점 더 악화일로를 달리고 있었다.

난주를 무너뜨린 폭주 강시는 정서(定西), 영화(永和), 천수(天水)까지 파죽지세로 내달렸다. 그 기세가 어찌나 사납고 살벌한지 십만의 군세도 감히 그 앞을 막을 엄두를 못 낼 지경이었다.

그 바람에 목숨을 부지하기 위해 사천과 섬서 등지로 피난을 떠나는 피난민들이 하루에만 무려 수십만 명에 이를 정도였다.

이러다가 폭주 강시가 끝내 감숙의 경계를 넘어버리기라도 한다면 정말이지 중원 대륙 전체가 죽음의 땅이 될 판국이었다.

당연히 루하에 대한 무림맹의 독촉도 심해졌다.

하지만 정작 루하를 가장 크게 압박하는 것은 쟁천표국의 문 앞을 가득 채우고 있는 사람들이었다. 어느 날부터인가 하나둘 모여들기 시작하더니 지금은 무려 일만 명이 넘었다.

그렇다고 딱히 뭔가를 요구하는 것은 아니었다.

부탁도 하소연도 하지 않는다.

그냥 그곳에서 하염없이 서 있을 뿐이었다.

이 죽음과 한숨으로 뒤덮인 세상에 유일한 희망은 삼절표랑뿐이라는 듯.

쟁천표국만이 세상을 구할 수 있다는 듯.

삼절표랑이라면, 그리고 쟁천표국이라면 반드시 세상을 구해 줄 거라는 듯.

입으로 내뱉는 것조차 아까울 만큼 그들은 그렇게 간절한 열망으로 쟁천표국이 떨치고 일어날 날만을 기다리고 있었다.

*　　*　　*

"다들 뭐예요?"

자신의 처소를 나서던 루하는 부른 것도 아닌데 그 앞에 우르르 모여 있는 표사들을 보며 의아해했다. 그중에는 장청과 모웅도 있었다.

"갑시다, 국주."

표사 곽철(郭哲)이 대뜸 그렇게 말했다.

"예?"

"갑시다, 국주. 감숙으로."

이번엔 표사 조양(趙陽)이었고, 표사 만량보(萬良普)가 조양의 뒤를 잇는다.

"까짓 강시, 우리가 해치워 버립시다. 강시야 원래 우리 전문 아닙니까?"

"……."

루하의 눈이 표사들을 지나 장청에게 이르렀다.

"어떻게 된 거예요?"

"보는 바대로. 한동안 영웅 대접을 받더니 영웅 놀이라도 해 보고 싶어진 게지."

"총표두님이 그러자 하신 건 아니구요?"

"나도 아닌 밤중에 홍두깨 격으로 자다가 끌려 나온 신세라네."

아닌 게 아니라 장청의 눈에는 아직도 가시지 않는 졸음이 덕지덕지 묻어 있었다.

루하가 다시 표사들에게로 눈을 돌렸다.

한 사람 한 사람 훑어 가던 루하가 표사들에게 물었다.

"죽을 수도 있다는 거 다들 알고는 계시는 거죠? 그냥 하는 말이 아니라 진짜 죽을 수도 있어요. 확실한 건 아니지만 그 강시한테는 우리 무기가 아예 안 박힐지도 몰라요."

실제로 여자 강시에게는 금강한철로 무장한 군웅일왕채

의 공격이 전혀 먹히지 않았었다.

"알고 있습니다. 그러니 주목받기 좋아하시는 국주님이 천하 만인을 우러러보게 만들 수 있는 이 좋은 기회도 마다하고 계신 것이 아닙니까?"

"그런데도 감숙으로 가겠다고요?"

"어쩌겠습니까? 난세가 영웅을 원하고 세상이 우리를 기다리는데. 까짓 목숨 한번 걸고 난세의 영웅이 되어 보죠, 뭐."

대수롭지 않다는 듯 농담처럼 히죽 웃어 보이지만 거기에는 확고한 각오가 있었다.

그건 이 자리에 모인 모든 표사가 다르지 않았다.

루하가 망설이는 동안 그들은 이미 결정을 해 버린 것이었다.

'이 아저씨들 이거 어울리지 않게 너무 멋있는 척하는 거 아냐?'

아니, 멋있는 척이 아니라 솔직히 멋있다.

그래서 울컥 감동까지 했다.

그때, 표사들 너머로 커다란 상자 하나를 들고 오는 설란이 보였다.

설란 혼자가 아니었다.

설란의 뒤를 이어 건장한 체격의 하인들이 설란이 들고

있는 것과 같은 나무 상자를 들고 들어와 루하의 앞에 가지런히 놓았다.

루하가 의아해하며 물었다.

"이것들 다 뭐야?"

"직접 확인해 봐."

설란이 의미심장하게 웃으며 그렇게 말했다.

더욱 의아해진 루하가 상자의 뚜껑을 열었다.

"……?"

첫 번째 상자에서 나온 것은 표사들의 금강한철 무기였다.

루하가 다시 의아해져서 설란을 보자 설란이 상자를 더 열어 보라는 듯 턱짓을 했다.

그리해 다른 상자들도 차례로 열었다.

처음의 것을 포함해서 다섯 개의 상자는 모두 무기였다.

그런데 그 다섯 개의 상자보다 두 배 정도 큰, 다른 열 개의 상자를 열어 본 순간 루하는 휘둥그레 눈을 떴다. 루하뿐만이 아니었다. 옆에서 호기심 어린 눈을 반짝이던 표사들마저 황당한 표정을 하고 있었다.

그도 그럴 것이 거기에 들어 있는 것은 지난번 너무 무거워서 도저히 입을 수가 없었던, 루하가 표사들을 위해 만든 그 갑옷이었던 것이다.

"이거…… 아직 안 버렸어?"

"만년한철보다 뛰어난 금속인데 아깝게 어떻게 버리니?"

"그래 봤자 입지도 못하는데 뭐. 대체 이 쓸모없는 물건들은 왜 가져온 거야?"

"일단 칼부터 한번 들어 봐."

얼떨떨하고 뜬금없는 중에도 설란이 하라니 한다.

그런데,

"어?"

대감도 한 자루를 집어 들던 루하가 순간 어리둥절한 표정을 했다.

"이거…… 왜 이래?"

"가볍지?"

가벼웠다. 그것도 아주.

이 정도 크기라면 적어도 팔십 근은 나가야 정상인데 지금 손에 든 느낌은 서른 근이 채 안 나갈 듯했다.

"어떻게 된 거야? 왜 이렇게 가벼워진 거야?"

"단지 가벼워진 게 다가 아냐. 장담하는데 그전보다 성능도 좋아졌을 거야."

"뭐? 진짜? 근데 어떻게?"

"강시의 내단을 좀 이용했지. 이것저것 약재들을 섞은

물에 내단을 넣고 거기에 이것들을 오랜 시간 담그니까 이렇게 되더라고."

설명은 간단했지만 사실 이것은 제약실에서 밤낮으로 내단을 연구하며 지낸 지난 이 년의 결실 중 하나였다.

루하가 지금까지와는 사뭇 달라진 눈빛으로 기대를 담아 물었다.

"그럼 혹시 이 갑옷들도?"

"응."

대답이 나오자마자 갑옷을 집어 들었다.

역시 가볍다.

이백 근이 족히 넘었던 것이 육칠십 근이 될까 말까였다.

"어때? 이 정도면 진법을 펼치는 데도 크게 지장이 없겠지?"

굳이 물을 필요가 없다.

그건 오히려 그녀가 더 잘 안다.

이 중에서 진법에 대해 그녀보다 잘 아는 자는 아무도 없으니까.

그녀는 그저 자신이 이룬 값진 결과물이 자랑스러운 것이다.

칭찬을 바라는 그녀를 보며 루하가 엄지손가락을 척 치켜 올렸다.

"세상에서 니가 제일 예뻐!"

지금 상황에 어울리는 칭찬은 아니었다.

그녀가 바랐던 칭찬도 아니었다.

하지만 루하의 그 한 마디는 그 어떤 칭찬보다도 그녀를 기쁘고 뿌듯하게 만들었다.

헤죽헤죽 웃음을 주체 못 하는 설란을 보며 루하는 확신했다.

'이거라면…….'

폭주 강시를 잡을 수 있을지도 모른다.

그 폭주 강시가 정말로 천중산에서 만난 여자 강시와 같은 부류라고 해도, 그만큼 강하다고 해도 가능성이 열린다. 설혹 못 잡는다고 해도, 적어도 표사들의 생존 확률만이라도 월등히 높일 수 있었다.

"그래. 이거라면!"

* * *

연무장에 도열한 표사들의 모습이 우스꽝스러웠다.

루하는 그제야 자신의 미적 감각이 자랑스럽게 드러낼 정도의 것은 아님을 깨달았다.

'만들 때는 그래도 제법 그럴듯했는데 말이야. 입혀 놓

으니 왜 이 모양이 되는 거지?'

지난번에도 다들 갑옷을 입긴 했지만, 그때는 입자마자 불만들을 토해 내는 바람에 제대로 자신의 작품을 감상할 정신이 없었다.

그런데 막상 이렇게 느긋하게 감상을 하려니 도저히 낯뜨거워서 계속 보고 있을 수가 없을 지경이다. 이젠 아예 표사들에게 미안한 마음이 들기까지 했다.

하지만 그 꼴사납고 촌스러운 모양새에도 불구하고 표사들은 싱글벙글이었다.

왜 아니 그렇겠는가?

그들이 입고 있는 것은 천잠보의에 버금가는, 아니, 어떤 측면에서는 천잠보의보다 더 뛰어난 보물인 것이다. 그런 갑옷을 입었는데 모양새 따위가 어디 눈에 들어오겠는가 말이다.

물론 예외는 있다.

"나도 이걸 꼭 입어야 하는 거냐?"

장청이다.

장청도 표사들과 크게 다를 바 없이 우스꽝스러운 모습을 하고 있었다.

표사들에겐 미안한 마음이 드는데 장청의 저 모습은 왜 이렇게 유쾌하고 재밌는지 모르겠다.

루하는 일부러 장청의 불만은 흘려버리고 사뭇 진지해진 표정으로 물었다.

"준비됐죠?"

"먼저 무림맹에 알려야 하는 것이 아니냐?"

"아뇨. 그들이 원하는 대로 움직여 줄 생각 전혀 없어요. 그들과 섞일 생각도 전혀 없구요. 지금까지 그래 왔듯이 우리는 우리대로 강시를 사냥합니다."

무림맹의 들러리 따위 되어 줄 생각 눈곱만큼도 없다.

장청이 마음에 든다는 듯 피식 실소를 흘리고는 고개를 끄덕였다.

"준비는 다 됐다."

"그럼 출발하죠."

루하가 앞장서 걸었고 그 뒤를 장청이, 그리고 모웅과 표사들이 따랐다.

이번만큼은 설란을 데려가지 않기로 했다.

같이 가겠다고 끈질기게 우겼지만, 단호히 거절했다.

다른 건 다 들어줘도 그녀를 사지로는 데려갈 수 없으니까. 그것만큼은 절대로 안 되는 일이니까.

그렇게 쟁천표국의 문을 나서자 눈부시도록 푸른 햇살 아래 이날만을 기다려 온 사람들의 뜨거운 함성이 터졌다.

잠시 숨을 길게 들이마셔 그 열기를 만끽하던 루하가 이

내 표사들을 향해 외쳤다.

"목적지는 감숙성 서금(瑞金)! 목표는 강시! 그럼 저 미쳐 날뛰는 강시의 다리몽둥이를 꺾으러 쟁천표국 강시 진압대, 출(出)!"

〈다음 권에 계속〉

DREAMBOOKS★

DREAMBOOKS

DREAMBOOKS★

DREAMBOOKS